김종만 사계절 동화

봄여름가을겨울

국립중앙도서관 출판시도서목록(CIP)

봄 여름 가을 겨울 : 김종만 사계절 동화 / 김종만 지음 ; 이병원 그림.
– 파주 : 고인돌, 2011
p. ;   cm. – (살아 있는 글읽기 ; 1)

ISBN 978-89-94372-21-1 73810 : ₩12000
ISBN 978-89-94372-20-4(세트)

동화(이야기)[童話]

813.8-KDC5   CIP2011000775

봄여름가을겨울

초판1쇄 펴냄 | 2011년 3월 15일
초판3쇄 펴냄 | 2012년 6월 25일

지은이 | 김종만
그림 | 이병원
편집 | 여연화
디자인 | 드림스타트
펴낸이 | 정낙묵
펴낸 곳 | 도서출판 고인돌
주소 | 경기도 파주시 교하읍 문발리 617-12 1층 우편번호 413-832
전화 | (031) 943-2152
전송 | (031) 943-2153
손전화 | 010-2261-2654
전자우편 | goindol08@hanmail.net
인쇄 | (주) 미래프린팅
출판등록 | 제 406-2008-000009호

ⓒ 김종만 · 이병원 2011
이 책의 내용을 쓰고자 할 때는 저작권자와 출판사의 허락을 받아야 합니다.

값 12,000원
ISBN 978-89-94372-21-1 74810
ISBN 978-89-94372-20-4 (세트)

이 책은 한국도서관협회가 선정한 우수문학도서로 기획재정부복권위원회의 복권기금을 지원받아 무료로 제공합니다.

김종만 사계절 동화

봄여름가을겨울

김종만 지음 | 이병원 그림

고인돌

차례

봄 동화 · 꽃샘추위는 유난히 길었다

여름 동화 · 그리운 저수지 둑

가을 동화 · 가을이 왔네, 가을이 왔어

겨울 동화 · 그 긴 겨울에 벌어진 일들

봄 동화

꽃샘추위는 유난히 길었다

1 봄이 늦게 찾아오는 성골마을

대보름이 지나도 아직 추위는 성골 곳곳에 맴돌았다. 겨울방학이 끝나고 아이들은 새 교과서를 받아 들떠 있었지만 겨울은 여전히 아이들을 놓아주지 않았다.

봄방학을 하고 나서도 우리들은 여전히 썰매를 어깨에 메고 저수지로 나갔다. 그러던 어느 날부터인가 어느새 저수지 얼음판은 조금씩 녹고 있었다.

"야, 고무다리 타자"

병석이하고 근우하고 광석이는 얼음이 조금씩 녹아 젖어있는 저수지 넓은 얼음판으로 쌩쌩 썰매를 타고 달렸다.

얼음판은 갑자기 녹아버리는 것이 아니다. 추위가 조금씩 누그러지면 얼음은 조금씩 얇아지기 시작한다. 얼음판이 녹을 때 썰매를 타면 얼음판은 썰매가 지나갈 때 바닥이 가라앉았다가 다시 올라온다.

아이들은 이런 얼음판을 고무다리라고 불렀다. 고무다리를 탈 때 썰매를 갑자기 멈추면 얼음판은 어느 정도 가라앉았다가 그만 와장창 깨져 버린다. 아이들은 고무다리가 깨지지 않도록 재빨리 꼬챙이질을 해서 썰매를 몰았다.

"햐아! 여기 고무다리다."

앞서가던 병석이가 재빨리 썰매를 틀었다.

"어, 어! 여기 가라앉네."

얼음판이 가라앉는 걸 알고 나서 나도 모르게 재빨리 방향을 틀었다. 얼음 위로 물이 조금씩 배어 나오고 있었다.

만가대 아이들까지 끼어들어서 우리는 고무다리를 신나게 탔다. 썰매가 쌩하고 지나면 가라앉았던 얼음판은 다시 조금 위로 떠올랐다. 그러는 사이 얼음판 위로 물이 조금씩 고였다.

"깨질 때까지 타기다."

광석이가 짓궂은 제안을 했다.

한 사람씩 줄을 서서 고무다리를 지나는 놀이가 벌어졌다. 조금씩 가라앉는 얼음판 위로 물이 점점 더 고이기 시작했다. 만일 미끄러져 넘어지면 옷이 흠뻑 젖어버리고 만다.

"너희들 고무다리 타는구나."

고등학교 다니는 명선이 형이 지나다가 끼어들었다.

"광석아 썰매 좀 줘봐. 나도 좀 타보자."

명선이 형은 광석이 한 발짜리 썰매를 타더니 고무다리로 몰아갔다. 고무다리는 더 깊이 가라앉기 시작했다. 아이들은 조마조마하면서 지켜봤다.

갑자기 썰매가 멈추는가 싶더니 "어이쿠!" 하면서 명선이 형은 그대로 앞으로 고꾸라졌다.

얼음이 깨지면서 썰매 날이 얼음사이로 박혀버린 것이다.

"와 하하하 명선이 형 빠졌다."

"하하하, 하하하하."

　명선이 형은 무릎까지 깊이 빠져 버렸다. 한 번 깨지기 시작한 얼음은 걸음을 옮길 때마다 버석버석 깨져 나갔다.

　"에이 재수 옴 붙었네. 거기서 깨질 게 뭐람."

　"명선이 형이 무거워서 그런 거야."

"아냐, 좀 더 빨리 달렸으면 안 깨질 수도 있었어."

아이들이 왁자지껄하는 사이 명선이 형은 얼음을 깨면서 논두렁 위로 올라왔다.

아이들은 명선이 형을 위해 여기저기서 나뭇가지를 모으고 마른 풀을 뜯어다가 불을 피웠다.

웃옷부터 흠뻑 젖은 데다 바지는 뻘흙으로 뒤범벅이 되어 있었다. 명선이 형은 불을 쬐더니 옷을 갈아입으려는 듯 바쁘게 집으로 걸어갔다.

우리들은 불가에 모여 썰매를 말렸다.

"우리 쥐불놀이 할까?"

불을 보더니 생각이 났는지 광석이가 마른 풀을 뜯어와 논두렁 위로 길게 불을 옮겼다. 아이들은 너도 나도 논두렁을 길게 따라가며 불을 옮겼다.

쥐불놀이는 정월 대보름에 시작하는데 아이들이 처음에 논두렁 밭두렁에 불을 놓기 시작하면 어른들까지 나와서 들판을 돌아다니면서 불을 질러 태우는 일이다. 아이들은 불장난으로 하지만 어른들은 일삼아서 마른 풀이 보이는 곳은 죄다 태웠다. 그렇게 해서 곡식을 먹어치우는 들쥐를 쫓고 농사에

해를 끼치는 벌레 알을 잡는다고 해서 '쥐불놀이'라 불렀다.

벌써 지난 대보름에 대부분 다 불을 놓아 태운 뒤라 더는 태울 곳이 없었다. 아이들은 재미가 붙어 저 멀리 안산 아래까지 불을 댕겨나갔다.

"저긴 더 가면 산에 불이 붙을 지도 모르는데?"

늘 조심성 있는 수명이가 건너편 쪽을 걱정스럽게 바라보았다. 아이들은 마른 풀에 붙은 불이 꺼지기 전에 더 많이 불을 댕기려고 이리저리 미친 듯 뛰어다녔다.

그때였다. 저 아래 볕고개 쪽에서 원식이 형 할아버지가 지팡이를 휘두르며 고함을 치는 소리가 들렸다.

"이눔들아! 거긴 불 놓으면 안 되는 곳이여!"

그런데 하필 그때 바람이 휘익 불어 제졌다. 안산 쪽으로 불씨가 튀는 게 보이더니 무덤이 열 개도 넘는 떼무덤 쪽으로 불이 번졌다.

"어! 어어 뭐해. 빨리 가서 꺼야지!"

우리는 그쪽으로 뛰어가는데 불은 삽시간에 걷잡을 수 없이 떼무덤을 집어삼키고 있었다.

"어이구! 조상님들 뵐 낯이 없구나! 어이구!"

원식이 형네 할아버지는 땅에 주저앉아 떼무덤이 타는 모습을 멀거니 바라만 보셨다.

다행히 떼무덤 위는 붉은 황토민둥산이라 불은 더 번지지 않고 사그러들었다.

그사이 불을 거기까지 댕긴 아이들은 모두 달아나 숨어 버리고 마을 사람들이 달려와 남은 불씨를 끄느라 이리 뛰고 저리 뛰었다.

"허허! 꼬맹이들 덕분에 성골 쥐불놀이는 단단히 마쳤구먼."

"불낸 놈들 오늘 저녁 이부자리에 오줌들 쌀 테지."

"무슨 구경 무슨 구경해도 불구경이 제일이라니까."

숯검댕이를 하고 마을 사람들은 터덜터덜 집으로 돌아갔다.

봄방학이 끝나고 3월이 되어 새 학기가 시작되었지만 꽃샘추위는 유난히 길었다.

수명이, 병석이, 근우, 광석이 그리고 나, 이렇게 다섯은 양지바른 짚 낟가리 밑에 모여 뭘하고 놀까 궁리를 했다.

"저수지가 조금 있으면 다 녹을 텐데 우리 거기다가 뗏목을 띄우자."

내가 먼저 이야기를 꺼냈다.

"뗏목을 어떻게 띄우는데?"

"내가 지난 번 백과사전에 나오는 걸 찾아 봤는데 옛날에는 강에서 뗏목을 타고 다녔다는 거야. 그 뗏목은 통나무를 가지런히 엮어서 타는 거래."

"요사이 산림간수가 자주 다니는데 걸리면 아부지들이 붙잡혀 간다던데?"

"야 임마. 대여섯 그루만 베면 될 텐데 뭘 걱정해. 걸리면 산에서 누가 베어논 걸 주워왔다고 둘러대면 그만이지."

"그래, 우리가 안 베었다고 하면 그만이지."

"내일부터 나무를 베자. 근우하고 광석이는 톱을 가지고 오고, 나머지는 낫을 가져와서 가지를 치는 거야."

다음 날 아침을 먹자마자 우리는 어른들 몰래 당 너머 산골짜기 아래로 모였다.

"참나무는 너무 무거우니까 오리나무를 베자."

광석이는 오리나무 숲을 가리켰다. 드디어 톱질이 시작되었다. 근우하고 수명이는 골짜기 아래로 누가 오는지 망을 봤다. 내가 톱질을 하다가 숨이 차면 광석이가 이어서 했다. 한참 씩씩거리면서 톱질을 하니 나무가 갑자기 기우뚱했다.

　지름이 10센티미터가 훨씬 넘는 오리나무 한 그루가 와지지직 소리를 내며 쓰러졌다. 기다렸다는 듯이 병석이는 나무 윗동에 붙은 가지를 낫으로 쳐냈다. 나뭇가지는 멀리 가져다 나중에 지게로 져 나를 수 있게 새끼줄로 묶어 두었다.

　오전에 세 그루를 베고 점심을 먹으러 산에서 내려왔다.

　"점심 먹고 두 시에 다시 모이기다."

　그날 해가 뉘엿뉘엿 넘어갈 때 우리는 크기가 비슷한 오리나무 여섯 그루를 베어 내어 골짜기 깊은 구덩이에 감추어 두었다.

　다음 날부터는 뗏목을 엮을 칡넝쿨을 베러 다녔다. 굵은 칡넝쿨을 한 아름 베어다가 반으로 쪼개서 물에 담가 두었다.

　밤이 오고 사방이 컴컴해졌을 때 우리는 당 너머 골짜기에 숨겨둔 오리나

무 둥치를 하룻밤에 두 개씩 삼일 동안 날랐다. 저수지 옆 개울가에 마른 나무로 덮어 감춰두었다.

드디어 저수지 얼음이 모두 녹았다. 3월 마지막 일요일에 우리들은 통나무 여섯 개를 저수지 물가로 옮겨 놓고 뗏목을 엮기 시작했다. 새끼줄로 먼저 얼기설기 엮은 다음 준비한 칡 넝쿨로 통나무 여섯 개를 한 덩어리가 되도록 단단히 줄을 당겨가며 엮었다. 땀을 흘려가며 다섯 명이 열심히 몰두해 있을 때였다.

"너희들 뭐하는 거냐?"

우리는 후다닥 몸을 일으켰다.

지난겨울 자치기 나무 자르려다가 만났던 바로 그 아저씨였다. 모두 얼굴이 하얗게 질려 말을 못하고 눈알만 굴리며 아저씨를 쳐다보았다.

"너희들 이 나무들 어

디서 베었지?"

"……."

"빨리 말해 이놈들아, 다 알고 왔으니까 거짓말하면 지금 잡아갈 줄 알아."

아저씨는 허리춤에 매달린 포승줄을 흔들었다.

"저기 당 너머……."

근우가 먼저 입을 열었다.

아저씨는 점퍼 안에서 수첩을 꺼내 차례로 우리들 이름을 적었다. 학교 학년 주소 그리고 아버지들 이름까지 모두 적었다.

"너희들 이것 그 자리에 가만 놔두어야 한다. 절대 손대지 말구."

우리는 풀이 죽어 산림간수 아저씨가 저 아랫길로 내려간 뒤에도 뗏목에 걸터앉아 누구도 입을 열지 않았다.

"정말 아버지들 잡아갈까?"

근우가 걱정스러운 듯 눈을 크게 뜨고 입을 열었다.

"산에서 주워왔다고 둘러대기로 해놓고, 근우 너 땜에 다 틀렸다."

병석이가 뾰루퉁해서 근우를 못마땅하게 흘겨봤다.

"다 알고 왔다고 해서 솔직하게 말했지 뭐."

근우는 고개를 푹 숙였다.

"이렇게 된 이상 하는 수 없지 뭐. 아부지들한테 다 이야기하고 빌자."

나는 엉덩이를 털며 일어나 어슬렁어슬렁 집으로 왔다.

다음 날 마을에서는 난리가 났다. 구 이장님이 관청엘 다녀오시고 아버지들이 모두 불려 갔다온 모양이다.

"옥수야, 이눔아 어쩌다가 그런 일을 저질렀냐? 아부지들이 불려가서 빌어서 될랑가 모르것네. 저기 이웃말 사는 고씨는 나무 잘못 베었다가 징역을 넉 달이나 살고 나왔다는디 말이여."

엄마는 내 등을 손바닥으로 치면서 걱정스럽게 한탄하셨다.

저녁때가 되어 아버지들은 술냄새를 풍기면서 마을로 돌아오셨다.

"니가 앞장서서 했담서? 마르지도 않은 생나무가 물에 뜬다냐? 나무 베다가 징역살이 하는거여 이눔아. 어린 애들이 한 짓이니 봐달라고 구 이장님이랑 애비들이 산림과장한테 손이 발이 되게 빌어서 그나마 봐주기로 한 거지.

잘못했다간 애비들 다섯이 모두 징역살이할 뻔 했다. 나무 한 그루 잘라도 걸리는 판인데 여섯 그루나 베어 넘겼으니."

아버지는 피곤하신지 저녁상을 물리자마자 잠에 곯아떨어지셨다.

2 배고픈 아이들

차가운 바람이 어느 날 갑자기 따스하고 부드럽게 바뀌었다.

양지쪽에는 어느새 파릇파릇 쑥이 돋아나고 민들레 노란 꽃이 고개를 내밀었다. 언덕배기에는 노란 솜양지 꽃이 무더기로 피어올랐다. 집근처 울타리 근처에는 보라색 제비꽃도 앙증맞게 피었다. 겨우내 얼었던 논바닥에는 봄 가뭄으로 바닥이 마르면서 뚝새풀이 파랗게 자라 올랐다.

이 모든 것을 우리는 쑥을 캐고 나물을 캐면서 저절로 알게 되었다.

"옥수 엄마, 나물 많이도 뜯었네."

병석이 엄마가 우리 집으로 보리쌀을 꾸러 왔다가, 툇마루에 걸터앉아 방금 우리 엄마가 뜯어온 나물을 함께 다듬기 시작했다.

종댕이에는 냉이, 달래, 벌금자리, 뽀리뱅이, 지칭개, 담배나물, 질경이 같은 나물이 그득했다.

"들나물은 된장에 무쳐야 맛있고, 산나물은 간장에 무쳐야 맛있데."

"들나물은 된장국 끓이고 산나물은 무치는 거라데요. 우리 할머니 적부터 그렇게 듣고 자랐지요."

"반찬거리도 없고 봄나물 없이는 이 긴 봄날 뭘 먹을 게 있겠어요."

"날이 가물어 봄나물도 없어요. 죄다 뜯어가 버리고."

우리 엄마와 병석이 엄마는 두런두런 힘없는 소리로 이야기를 나누는데 유난히 낯빛이 누렇게 떠 있었다.

나물을 뜯어온 날 저녁에는 집집마다 국도 나물국이고 반찬도 나물반찬 뿐이다. 김장김치는 벌써 다 먹고, 대보름에는 1년 내내 말려놓은 묵나물을 다 먹었으니 그나마 무말랭이나 장아찌가 있는 집에서는 좀 나은 편이었다.

"내일은 학교 일찍 마치면 쑥 뜯어라. 쑥버무리 해야 하니까."

온 식구가 나서서 쑥을 뜯어 모아 밀가루에 버무려 쪄내는 게 쑥버무리인데, 집집마다 이것으로 점심을 대신했다.

학교에서 점심 도시락을 못 싸온 아이들은 항상 배가 고팠다. 시내 쪽 아이들은 보리밥이지만 도시락을 싸오는 아이들이 많았는데 둔배미, 성골, 만가대, 방아다리 이런 마을 아이들은 도시락 싸오는 아이들이 드물었다.

학교에서는 옥수수빵을 나눠주었지만 항상 턱도 없이 부족했다.

그래서 점심시간이면 아이들은 펌프로 물을 퍼 올려서 물배를 채우곤 했다.

대부분 아이들 얼굴은 누렇게 변해 있었고 피부에는 마른버짐이 피었다.

학교가 끝나고 집에 돌아오는 길에는 싱아를 뜯어 먹거나, 찔레순을 꺾어 먹었다. 며느리배꼽이나, 까치수염, 매자나무 잎 같이 신맛이 나는 잎들은 정말 맛이 좋았다. 갓 자란 칡넝쿨 순이나 아카시아 순도 껍질을 길게 벗겨내고 씹어 먹었다.

무엇보다 맛있는 건 물오른 소나무 어린가지를 벗겨 먹는 것이다. '송키'라고 부르는 이 먹을거리는 낫을 들고 산에 올라 소나무가지를 찍어서, 겉껍질을 벗겨내고 속껍질을 벗겨 해먹는 데, 산림간수들이 이 '송키'를 해먹지

못하게 단속도 심했다.

아이들은 산으로 들로 다니면서 먹을 수 있는 것은 다 뜯어 먹었다. 특히 온 산을 발갛게 물들이도록 피는 진달래꽃을 많이 따먹었다. 5월이면 아카시아 꽃이 흐드러져 피는데, 이것도 많이 따먹었다. 향긋하고 달착지근한 맛이 나는 아카시아 꽃은 아이들이 책가방이나 책보따리에 그득하게 따서 먹으며 다녔다.

들나물이 끝나면 마을 사람들은 산나물을 뜯으러 수락산 골짜기를 뒤졌다.

"아이고 배야, 아이고 배야."

"저눔이 뭘 먹었기에 저런당가. 어디 좀 보자. 뭘 먹었드냐?"

수락산에서 내려오다가 당 너머 매자나무 잎을 많이 따먹은 날 밤이었다. 배가 뒤틀리면서 아프고 속이 미슥거려서 견딜 수가 없었다.

"아까 낮에 매자나무 잎을 따먹었어."

"그 신 것을 너무 많이 먹은 모양이구나. 가만 있거라 내가 질금물을 내올테니."

엄마는 질금가루를 물에 타서 거른 물을 해왔다. 그걸 먹고 나니 아픈 게 가라앉고 속이 편해졌다.

"배가 고프니까 아그들이 산으로 들로 댕기면서 못 먹는 풀이 없구만. 해마다 이맘때면 옛날에는 보릿고개라고 해서 굶어죽는 사람이 숱하게 나오더만, 아직도 나라가 이모냥으루 가난한께 이 모양이여. 언제나 배부르게 먹고 살날이 올란가 몰라."

"양껏 먹어도 부족할 판에 풀이나 뜯어 먹으며 이 긴 봄날을 버티니 불쌍한 아그들이 한둘이라야 말이지."

"별고개 동재가 풋살구 따먹고 죽은 게 작년이구만, 올해도 그런 일이 언제 어디서 날란가 모르니 아이들 풋것 못 먹게 잘 단속허소."

등잔불이 꺼지고 어둠 속에서 아버지와 엄마는 두런두런 이야기를 나누면서 한숨을 쉬었다.

"선생님, 요놈이 저희 가게에서 빵을 훔쳤어요. 내가 지난번에는 그냥 봐주고 넘어 갔더니 또 훔치는 거예요."

오후 시간이 막 시작 될 때 교실 뒷문이 우당탕 열리며 동편 문방구집 아저씨가 불쑥 들어왔다. 뒤이어 우리 반 승재가 아저씨 손에 귓불을 잡힌 채 질질 끌려들어 왔다.

승재는 엄마 없이 아버지와 형과 세 식구가 공동묘지 아래 움막에서 사는 아이다.

"승재야, 너 그런 짓 하지 말랬더니 또 그랬어? 담임인 제가 잘 알아서 가르칠 테니 가십시오."

선생님은 허리를 굽혀 사과를 하셨다. 승재는 고개를 못 들고 서서 눈물만 뚝뚝 흘렸다.

"승재 네 자리로 가서 앉아! 오늘 청소다, 이승재."

선생님도 승재를 가엾게 여기시는 것 같았다.

"선생님, 승재가 어제도 순심이 도시락 까먹었대요."

고자질쟁이 순례가 툭하면 일러바치는 것도 승재였다. 그럴 때마다 선생님은 빙그레 웃으면서 승재를 바라만 보셨다.

배가 고픈 아이들은 훔쳐 먹는 짓도 서슴지 않았다. 시내 쪽 아이들 도시락이 가끔 도둑맞는 일도 벌어졌다.

하루가 멀다 하고 학교 옆 문방구에서는 과자나 사탕, 빵 같은 걸 훔치다 붙잡혀 오는 아이들이 있었다.

하루는 복도를 지나다가 희한한 광경을 보았다. 키가 작달막한 5학년 선생님이 보는 앞에서 우리보다 한 학년 아래인 두 아이가 서로 뺨을 때리고 있었다.

"더 세게 못 때려!"

"철썩!"

"더 세게 때리라니까! 이렇게 말이야!"

선생님은 한 아이 뺨을 그 큰 손으로 세차게 후려갈겼다.

아이들이 지나다가 모여 들어 구경을 하자 선생님은 우리 보고 들으라는 듯이 크게 말했다.

"문방구에서 훔쳐 먹는 놈은 도

둑놈이야! 도둑놈은 도둑놈끼리 서로 맞아 봐야 돼."

그때 새로 부임해 오신 젊은 선생님이 갑자기 아이들을 불렀다.

"애들아, 빨리 교실로 들어가. 그리고 너희 둘도 교실로 가고!"

"아니! 우리 반 일에 김 선생이 왜 끼어들어요?"

"꼭 이렇게 벌을 주셔야 하겠습니까?"

갑자기 선생님들끼리 싸울 듯이 목소리가 높아지자 우리는 무서웠다. 슬금슬금 교실로 가는 체 하면서도 침을 꼴깍 삼키면서 뒤를 돌아다보았다.

서로 뺨을 치던 두 아이는 슬금슬금 선생님 눈치를 보더니 교실로 들어가 버렸다.

"도둑질한 놈들은 이렇게 해서라도 버릇을 잡아야 한다는 게 내 생각이오."

"선생님은 아이들이 왜 문방구에서 먹을 것을 훔친다고 생각하십니까?"

"그야, 배가 고파 그러는 것이겠지만 배고픈 아이들이 어디 한둘이오. 배고프다고 훔쳐 먹다간 세상이 어떻게 되겠소?"

"제가 문제 삼는 것은 아이들이 배고파서 한 짓을 가지고 그렇게 가혹하게 야단을 치시느냐 하는 것입니다. 일본 선생들이 조선 아이들 서로 세워놓고 때리게 해서 '너희들은 조선의 못난 식민지 백성이다' 하고 가르치느라 서로 뺨을 치게 한 것 아닙니까?"

"왜 거기서 일본 놈 이야기가 나오는 거요? 애들이 잘못한 건 잘못한 거지."

"제가 주제넘게 말씀드리는지 몰라도 아이들 잘못만은 아닌 듯 싶어서 그러는 겁니다."

"아니 그럼 내가 우리 반 아이들을 잘못 가르쳤단 말이오?"

5학년 선생님은 갑자기 젊은 선생님 앞으로 나서더니 목청을 높였다.

"나라가 가난해서 아이들이 굶주리고 그런 세상에서 생긴 일이니 꼭 아이들 탓만이라고 할 순 없다는 겁니다."

"그렇다고 도둑질한 것을 잘했다고 할 순 없는 일 아니오?"

젊은 선생님은 멍하니 창밖을 바라보더니, 5학년 선생님한테 꾸벅 사과하는 절을 하고 교실로 들어갔다.

3 봄 소풍날이 왔다

봄 소풍날이 왔다. 소풍이라고 특별한 데를 가는 것은 아니다. 늘 동막골
이었으니까.

수명이와 성황당을 지나며 우리는 소풍가방을 열어보았다.

"너 오늘 소풍비 얼마 받았니?"

"오 원! 너는?"

"난 삼 원만 주시더라."

"그래도 너는 운동화 새로 샀잖아. 난 운동화도 안 사주고 사이다만 한 병

사주시더라."

소풍가방에는 모두들 길게 말아놓은 김밥 서너 줄하고 삶은 계란 두세 알, 그리고 사이다 한 병이나 사과 한 알이 전부였다.

"오늘 가재 몇 마리 잡나 내기할래?"

"좋아! 찐계란 내기다."

동막골 개울에는 가재가 참 많았다. 우리는 소풍을 가자마자 슬그머니 개울 쪽으로 사라졌다.

가재가 많은 곳을 미리 봐 두었다가 점심시간이나 보물찾기 하는 시간에 우리는 가재를 잡았다. 오늘은 수명이가 다섯 마리, 내가 일곱 마리를 잡아 결국 찐계란 하나를 내가 땄다.

소풍이 끝나면 우리들은 바루소리 앞들을 가로 질러서 둔배미길로 접어들어 단숨에 성골로 넘어왔다.

"저수지로 호드기 불러 가자!"

소풍가방을 마루에 집어 던지고 주머니칼을 챙겨서 저수지로 달렸다.

호드기는 두 가지로 만들어 분다. 먼저 버드나무로 가늘고 짧게 만들어

부는데, 그건 소리가 맑고 드높아서 우리들이 가장 좋아하는 피리다. 처음에는 하나만 가지고 불다가 나중에는 두세 개씩 입에 물고 불어서 합주를 하곤 했다.

다음으로는 미루나무로 만들어 부는 게 있는데 굵고 길게 만들어서 소리가 퉁소처럼 둔하고 낮았다. 할아버지 담뱃대 만하게 만들어서 불면 마치 황소가 들판에서 길게 목을 빼는 소리처럼 들렸다.

내가 버들호드기를 불며 미루나무로 긴 호드기를 만들려고 낑낑거리며 비틀고 있는데 옆에서 병석이가 내 어깨를 툭 쳤다.

"아악! 뱀, 뱀이다!"

병석이가 물뱀을 두 마리나 잡아서 팔목에 칭칭 감아서 나한테 내미는 게 아닌가.

내가 후다닥 달아나니까 병석이는 낄낄거리며 나를 쫓아왔다. 나는 저 멀리 저수지 수문대 앞에 달려가 앉았다.

조금 있으니 모두들 호드기를 불면서 수문대 앞으로 모였다. 우리는 저수지를 바라보고 나란히 앉았다. 호드기를 양손으로 둥글게 감아쥐고 여러 가지 낮고 높은 소리를 내며 구슬픈 가락을 내보았다.

어느덧 뉘엿거리는 햇살에 저수지는 물비늘을 반짝거리며 헤살거렸다.

"뱃속에서 꼬르륵 꼬르륵 신호를 보내네."

"뭐 먹을 거 없을까?"

오늘은 소풍날이라 그런지 찔레순이나 그렁을 뽑아 먹자는 말은 아무도 하지 않았다.

"나한테 좋은 수가 있지롱."

병석이가 물뱀을 감은 손을 흔들며 일어섰다.

"뭔 일인데? 또 허풍치는 거 아니구?"

수명이가 못 미더운 듯 코웃음을 쳤다.

"요 아래 땅꾼 아저씨네 있잖아. 작년 가을에 내가 능구렁이 한 마리 잡아다 드렸더니 다음에 오면 돈 주신다고 했거든. 거기 가보자. 이 물뱀도 가져다 줄 겸."

"나도 살모사 잡아다 드렸더니 담에 오면 돈 준댔어."

"에이, 물뱀은 안 받는다더라. 약도 안 된다구하더라 우리 할아부지가."

근우는 도리질을 했다.

"그래도 가자. 우리 오늘 재수 좋으면 크림빵 하나씩 사먹을 수 있을 지도 몰라."

저수지 아래 들판이 끝나는데 작은 동산이 있다. 그 아래 낡은 상여집이 있었다. 만가대, 성골, 탑석, 볕고개, 벌말 이렇게 여섯 마을에서는 초상이 나면 여기서 상여를 가져다가 멨다.

그런데 어느 해부턴가 거기에 뱀을 잡아다가 파는 땅꾼 아저씨가 살기 시작했다.

"너희들 여기 뭐 들었는지 아니?"

땅꾼 아저씨는 길에서 우리를 만나면 불룩한 앞주머니를 툭툭치며 장난을 걸어왔다.

아저씨가 단추를 여는 순간 꽃뱀, 능구렁이, 살모사, 까치독사, 무자치, 이런 여러 종류의 뱀들이 머리를 디밀고 나왔다.

그걸 잡아서 아저씨는 돌리기도 하고, 팔에 감기도 하고, 입을 맞추기도 했다.

우리는 멀찍이 떨어져 구경하는데 신기하게도 뱀들은 아저씨 말을 알아듣는 듯 순하게 움직였다. 우리가 그랬으면 아마 물려 죽을지도 모른다는 생각이 절로 들었다.

우리는 아저씨가 공연(?)을 하는 동안 침을 꼴깍거리며 넋을 잃고 바라보았다.

"이거 목에 감고 싶은 놈 없어? 이리 나와 봐라! 사내대장부가 뱀을 무서워하면 어떻게 용이 되겠니, 이담에 말이야."

이럴 때는 광석이하고 병석이가 서로 먼저 나가려고 자리다툼을 했다.

병석이와 광석이는 이 아저씨한테 뱀에 대하여 배운 셈이다, 그러니까 수제자라고나 할까.

"아저씨 계세요?"

병석이가 먼저 안에다 대고 소리를 질렀다.

"아저씨! 성골에서 왔는데요."

광석이도 연거푸 질렀다.

이상했다. 아무도 없는 것 같기도 한데, 상여집 안에서 역겹고 이상한 냄새가 코를 찌르며 흘러나왔다.

광석이가 문을 살며시 열고 안을 들여다보
더니 코를 쥐고 내뺐다.

"돌아가셨어 아저씨, 저기 누워서 돌아가
셨어."

우리는 갑자기 무서워서 마을로 뛰어갔다.

다음 날 아저씨를 멍석에 말아 마을 사람들
이 솔밭근처에 묻었다.

"상여집에 살던 사람이 상여도 못타고 갔
네 그려."

"굶어 죽은 거여. 땅꾼이라고 너무 업신여
겨 아무도 돌보지 않았으니 말이여."

마을 어른들은 아저씨 시신을 땅에 묻으며
미안한 듯 한마디씩 하셨다.

우리는 호드기를 만들어 저수지 둑에 앉았

다. 누가 먼저랄 것 없이 구슬프게 호드기를 불었다. 배고픈 날 이 호드기를 불면 배고픔이 구슬픈 생각으로 바뀌어 버렸다. 그러면서 우리는 저수지 둑에 앉아 시장간 엄마를 기다리고, 아버지를 기다리고 또 기다렸다.

땅꾼 아저씨는 이 호드기 소리를 들으며 배고픔을 잊고 하늘나라로 가실까? 저수지 둑에 어둠이 점점 다가오고 있었다.

여름 동화 | 그리운 저수지 둑

1 여름엔 논으로 둔갑하는 저수지

"종만아, 오늘 저수지로 헤엄치러 갈래?"

"그래!"

토요일 학교가 파하자 승우와 기춘이가 따라 붙었다.

교문을 나서서 가래울을 지나 곰고개 약수터까지 책 보따리를 단단히 묶어 메고 우리는 달렸다.

"야하! 시원하다"

약수터에서 물을 한 바가지 마시고 숨을 고른 다음 다시 달렸다.

거기서부터는 장골로 접어들게 된다. 장골은 집이 단 세 채 뿐인 작은 마을이다.

거기 우리 반 승우네 집이 있다. 승우는 책가방을 마루에 던지고 왔다. 승우네 집을 지나면 논둑이 나온다.

어디선가 뜸부기가 뜸뜸하고 울었다. 그리고 도랑가 풀 섶에서는 쪼르르르르하면서 논병아리가 울었다.

우리는 찔레 덤불을 뒤졌다. 이미 세어버린 찔레 순이라도 따먹으면 운이 좋은 거다. 찔레 덤불 깊숙한 곳에는 바닥에서 올라오는 굵은 새순이 늘 있었다.

아카시아 꽃도 따먹었다.

안산 쪽으로 등성이를 넘으면서 칡넝쿨 새순도 꺾어서 껍질을 벗기고 먹었다.

"야! 물이 빠졌다!"

앞서가던 기춘이가 소리 지르며 저수지 둑에 먼저 올라갔다.

"어! 이런! 하루 만에 저수지 물이 빠져버렸네"

저수지엔 거진 물이 다 빠지고 수문대 구멍으로 물이 한 참 빠져나가느라 물살이 뱅뱅 돌았다. 갈색 물거품이 둥글게 돌아가고 있었다.

우리 셋은 물을 빼는 수문대 위에 올라가 천천히 물이 빠져나가는 저수지 바닥을 내려다 보았다.

이 저수지를 마을 어른들은 '마른 저수지'라고 불렀다. 일본이 우리를 점령해서 다스릴 시절에 마을 사람들을 강제로 동원해서 둑을 쌓았다고 한다.

마을 사람들은 바로 저수지 옆에 있는 안산에서 흙을 지게와 들것으로 퍼 날랐는데 그 때문에 안산이 낮아졌다고 한다.

이 저수지를 '마른 저수지'라고 부르는 것은 본래 논이었다가 가을 추수가 끝나면 수문을 막아서 물을 가두기 때문이다. 가을 추수가 끝나는 대로 수문을 막으면 물이 넓은 학교 운동장만큼 고이는데 그때부터 논은 저수지로 변했다. 겨울이면 여기서 얼음판 놀이를 할 수가 있다. 그러다가 봄이 오고 저수지 둑 아래 들판에 모내기가 시작되면 이 물을 빼서 들판에 물대기를 하는 것이다.

그리고 물을 다 뺀 논바닥에는 본래 논 주인이 모내기를 하면 그때부터 가을까지는 저수지가 아니라 논이 되어 버렸다. 뎅그렁 저수지 둑만 남아서 가을에 물을 대기를 기다렸다.

이 저수지 둑은 우리들의 놀이터였다.

둑 아래 수로에는 콸콸거리며 마지막 얼마 남지 않은 흙탕물이 쏟아져 내리고 있었다. 마을 아저씨들은 이 논 저 논에서 삽과 괭이를 들고 물꼬를 트느라 바빴다.

원식이 형하고 두호 형은 언제 왔는지 수문 아래에서 족대를 둘러치며 고기를 잡느라 정신을 홀랑 뺏기고 있었다.

물이 빠진 저수지 둑에는 마을 사람들이 벌써 여럿 들어가 고기를 잡고 있었다.

우리들은 바지를 걷어 올리고 물 빠진 저수지 바닥으로 어적어적 들어갔다. 갑자기 내 발바닥이 간질간질하다. 미꾸라지가 밟힌 거다. 나는 손을 잽싸게 뻘 속으로 넣어 미꾸라지를 움켜쥐었다. 미꾸라지는 뻘을 뒤집어쓴 채로 내 손바닥을 간질이면서 손가락 사이로 빠져 나왔지만 이내 양동이 속으로 떨어졌다. 승우는 손바닥만한 붕어를 건져 올리고 기춘이는 흙탕물 위에 주둥이를 대고 몰려 있는 버들붕어를 연신 건져 올리느라 정신이 없었다.

　마을 어른들은 체질하는 얼개미를 들고 와 이리저리 휘저으며 물고기와 민물새우를 건졌다.

　저수지물을 뺐다는 소문이 나자 이웃마을 만가대에서도 어른 아이 할 것 없이 뜰채나 삼태기, 깡통, 얼개미 같은 것을 들고 몰려와서 저수지 바닥에는 고기 줍는 사람들로 붐볐다.

　이렇게 성골저수지는 항상 5월 말이면 물을 뺐다.

　여름이 채 오기도 전에 물을 빼니까 아이들은 물을 빼기 전에 햇볕이 쨍쨍 내리쬐는 날이면 언제든지 옷을 홀랑 벗고 물장구를 쳤다. 깊은 곳에는 못가고 얕은 곳에서 땅을 짚고 물장구를 치거나 물싸움을 하면서 놀곤 하였다.

아이들은 배가 고프면 저수지 둑에 올라가 삐비나 그렁을 빼 먹었다. 초여름이면 삐비가 한창 올라올 때다. 솜처럼 보드라운 꽃대를 입에 넣고 씹으면 달콤하고 향그런 물이 입에 가득 고였다. 저수지 둑 위로 난 좁은 길가에는 그렁이 낮게 자라고 있다. 그렁줄기는 질긴데, 그걸 잡아 뽑으면 뽑혀 끊어진 자리가 파처럼 흰무지가 든다. 그걸 씹어 먹었다. 달착지근하면서도 고소한 맛 때문에 아이들은 자주 그걸 뽑아먹었다. 뭐니뭐니해도 많이 먹기로는 줄이 최고였다. 저수지 가에 한창 자라 오르는 줄을 빼 먹으면 제법 배도 불렀다. 줄은 굵고 통통하게 살이 올라서 그걸 뽑아먹느라 우리는 뻘탕 속에서 허우적거렸다.

2 근우 할아버지 넘어지시다

　며칠 있다가 저수지에 가보았다. 저수지 바닥은 금이 쩍쩍 간 채로 수많은 올챙이들만 새까맣게 말라붙어 있었다. 저수지 바닥 논에 새로 낸 모들은 누르스름하게 말라서 비틀거렸다. 여기저기 물뱀이 스르륵 지나가기도 하고 모래가 쌓인 둑 바로 아래 바닥에는 꼬마물떼새들이 요란스럽게 종종걸음을 치며 다녔다. 벌써 알을 낳고 새끼들을 데리고 다니는 모양이었다.

　저수지에 물이 빠지면 둑 아래에는 유난히 개구리들이 많았다. 아이들은 깡통이나 빈 양푼을 들고 껍질 벗긴 미루나무 긴 작대기를 들고 더부룩한 풀을 헤쳐 가며 개구리를 잡으러 다녔다.

　처음에 잡은 몇 마리는 모두들 모여 불을 피우고 뒷다리를 구워 먹었다. 그리고 나중 잡은 것들은 집에 가져가 삶아서 닭을 주거나 돼지에게 주었다.

　개구리들이 많으니 자연 뱀들도 많았다. 저수지 둑에는 물뱀이나 꽃뱀이 많고 간혹 능구렁이도 나왔다.

　물뱀은 아이들이 발로 차고 다닐 정도였지만 꽃뱀은 몸을 납작하게 해 목을 길게 쳐들고 잘 도망가지도 않아서 아이들도 무서워하곤 했다.

　제비들이 새끼를 쳐서 나올 때쯤이면 된장잠자리들이 마악 허물을 벗고 풀숲에서 기어 나올 때다. 그때쯤이면 우리들은 검은 딱새나 알락꼬리 할미새 새끼를 꺼내다가 기르곤 하였다.

　그날은 나와 명선이가 깡통 가득 개구리를 잡아서 돌아갈 때였다.

　"어이쿠!"

　앞서 가던 명선이가 갑자기 앞으로 고꾸라졌다. 깡통 가득 담겨 있던 개구리들은 쏟아진 채로 스멀스멀 기거나 풀쩍풀쩍 뛰면서 여기저기 달아나는 거였다.

"야, 종만아 개구리 좀 주워 담아 줘!"

그러나 나는 명선이가 넘어지는 꼴이 우스워 배꼽을 잡고 웃을 뿐이었다.

그러다가 갑자기 발목에 뭔가가 걸렸다.

"아이고, 엄마야."

이번에는 내가 저수지 둑 아래로 나동그라졌다. 깡통은 개구리를 다 쏟아 내고 뎅그르르 소리를 내면서 둑 아래 멀리 굴러가 버렸다.

이번에는 도망치던 개구리를 주워 담던 명선이가 깔깔거리며 웃어댔다.

"에잇, 어떤 놈들이 매듭 묶었어!"

작대기로 저수지 둑길을 툭툭 쳐보니 열다섯 군데나 매듭이 묶여 있었다.

논둑이나 마을 오솔길에는 길가에 대개 수크렁이나 그령이란 풀이 자라는데 아이들은 그걸 가지고 골탕먹이기 놀이를 하곤 했다.

길을 사이에 두고 두 갈래로 서 있는 이 풀들을 양 갈래로 잡아서 묶어 놓으면 무심코 지나는 사람들 발목에 채이기 마련이었다. 그러면 보기 좋게 나뒹굴거나 엎어져서 골탕을 먹었다. 놀이가 끝나면 우리들은 이 매듭을 풀어 놓고 오는 걸 잊지 않았다.

만일 풀어 놓지 않으면 어른들이나 노인들이 걸려 넘어져 다칠 게 뻔하기 때문이다.

해는 뉘엿뉘엿 기울고 개구리들을 다 놓친 우리들은 우리가 당한 복수를 하기로 하였다.

마을로 돌아온 명선이와 나는 도대체 누가 매듭을 묶었는지 알아보기로 하였다.

저녁을 먹고 숙제를 하고 있는데 명선이가 살그머니 방문을 열고 들어왔다.

"만가대 기춘이하고 병석이 짓이래."

"누가 그러던?"

"아까 우리가 개구리 잡고 있을 때 그 놈들이 거길 지나갔는데, 근우가 그 놈들이 매듭 묶는 걸 묶는 걸 봤대."

"또 만가대 놈들 짓이였어."

"내가 가만두나 봐라."

다음 날 명선이와 나는 아침 일찍 저수지로 나갔다. 어둑어둑 사방이 아직 깨어나지도 않은 저수지 둑은 괴괴하였다. 맨발에 찬이슬이 달 때마다 발이 시려왔다. 된장잠자리들은 아직 날개가 이슬에 젖어 풀잎에 매달린 채 꼼짝 않고 어디선가 벌써 깨어난 검은 딱새만 지직직 울어댔다.

우리들은 어제 당했던 곳과는 반대로 만가대 아이들이 잘 다니는 동쪽 저수지 둑에 매듭을 묶었다. 매듭을 묶은 뒤에는 다른 풀을 이리저리 헤쳐서 감추어 눈에 띄지 않도록 위장을 했다.

"기춘이, 병석이 요놈들 아침에 학교 가다가 다섯 번씩만 넘어져라."

"아니 열 번씩 넘어져라."

우리는 살금살금 도랑 쪽으로 몸을 숨기고 마을로 돌아왔다.

만가대 아이들은 학교에 갈 때 늘 사격장 밑을 지나 저수지 둑을 건너서 둔배미로 접어들었다.

명선이와 나는 만가대 아이들이 나타나기 전에 미리 개울가에 숨어서 아이들이 오기만을 기다리고 있었다.

"어! 저기 근우 할아버지가 오시네."

명선이는 손가락으로 저수지 모퉁이를 가리켰다.

근우네 할아버지가 저수지 아래로 논에 다녀오시는지 괭이를 어깨에 걸치시고 느릿느릿 걸어오셨다.

"어! 저리로 오시면 안 되는데."

근우 할아버지는 새벽에 우리가 매듭을 묶어 놓은 곳으로 올라오고 계셨다.

"어! 어어어!"

우리가 어쩔 줄 모르고 있을 때 드디어 올 것이 오고야 말았다.

저수지 둑으로 올라선 근우 할아버지가 몇 발자국 앞으로 오는가 싶더니
갑자기 괭이가 앞으로 날아가면서 할아버지 몸이 그대로 곤두박질쳤다.
우리는 그대로 도랑을 따라 달아날 수밖에 없었다.

3 땅벌 집 튀기기

학교에서 돌아오면 맨 먼저 하는 일이 외양간에 묶여 있는 소를 몰고 저수지 둑으로 가는 일이다. 둑에 쇠말뚝을 박고 소를 묶은 다음에 우리들은 모여 놀았다.

"아유! 이거 재수 똥 밟았네."

주명이는 방금 소가 눈 똥이 범벅이 된 검정고무신을 질질 끌었다.

그러면 모두들 소똥 밟은 주명이를 놀려댔다. 그래도 소똥은 냄새가 나지 않아 다행이었다.

학교에서 늦게 돌아온 날이었다. 소를 매러온 아이는 나 말고 아무도 없었다. 나는 심심해서 시멘트로 만들어진 수문대 위에 누워 하늘을 바라보았다. 수문대는 저수지 둑 한가운데 세워져 있는데 앞부분은 저수지 둑이 기울어져서 높이가 어른 키로 두 길은 되었다. 파란 하늘에는 하얀 구름이 천천히 지나가고 있었다. 구름은 여러 가지 모양으로 변하면서 흘러가고 있었다. 그걸 바라보다가 잠이 들었던 모양이다.

잠결에 잠깐 동안 몸이 붕 뜨는가 싶었다. 그리고 내가 잠에서 깨었을 때 어깨랑 무릎이 좀 쑤셨다. 이미 해가 떨어져 사방이 어둑어둑해져 있었다. 나는 부리나케 소를 몰고 집으로 왔다.

  "이눔아, 물막이대 위에서 자다가 떨어진 것도 모르고 잤더냐? 어디 다친 데는 없냐?"

  집에 돌아와 조금 있으니 어디선가 엄마가 부리나케 들어오면서 걱정스런 낯으로 물었다.

  "예? 떨어졌다구?"

  "그래 이눔아. 영호 엄마가 장에서 오다가 봤는데 니가 자다가 뚝 떨어졌는데 다시 기어올라가 자더란다."

  '그래서 어깨하고 무릎이 아픈 거구나.'

  나는 속으로 웃음이 나왔다.

  가끔 우리는 며칠 된 소똥에서 말똥구리를 찾아내곤 하였다. 말똥구리는 제 몸보다 서너 배는 됨직한 소똥을 둥글게 뭉쳐서 거꾸로 서서 밀고 나갔다.

말똥구리를 찾느라고 병석이와 광석이가 소똥을 툭툭 발로 차다가 둘이 갑자기 나한테 뛰어 왔다.

"아 따가워! 벌이다 벌!"
우리는 풀을 뜯어 양팔로 홰홰 저으며 이리 뛰고 저리 뛰며 달아났다.
땅벌은 지독한 놈들이라 끝까지 따라오곤 했다.
한참 뛰다가 보니 땅벌이 더는 따라오지 않았다. 셋은 한자리에 다시 모였다.
병석이는 목에 세 방이나 쏘였고 광석이는 겨드랑이에 들어 있던 땅벌이 기어 다니면서 쏘는 바람에 몇 방을 쏘였는지도 몰랐다. 벌써 콩알만하게 부어 오른 채였다.
쑥을 입으로 씹어서 붙이기도 하고 애기똥풀을 찾아 꺾어서 노란 진을 바르기도 했지만 병석이는 아픈지 눈물을 글썽이면서 어쩔 줄 모르고 웅크리고 있었다.
"어디에 벌집이 있었는데?"

광석이가 손으로 가리키는 곳에 살금살금 다가가 보니 아니나 다를까 땅벌들이 드나드는 곳이 보였다. 땅벌은 소똥 옆에 있는 돌멩이 밑에 나 있는 작은구멍으로 드나들었다.

"오늘 밤에 튀기자."

우리는 굳은 결의라도 하듯이 엄숙한 목소리로 약속을 하고 집으로 왔다.

벌은 밤에는 잠을 자는 곤충이다. 그러니까 밤에 이놈들을 혼내주자는 것이었다.

저녁을 먹고 우리는 군대에서 쓰는 손전등을 들고 나왔다. 병석이는 수명이 형을 불러냈다. 수명이 형은 고등학교에 다니는 형이다. 수명이 형은 사격장에서 주운 대포화약을 한 주먹 쥐고 나왔다. 그리고 그걸 큼지막한 바가지에 담고 삽을 한 자루 들고 나왔다.

우리는 손전등을 비추며 미리 표시해 둔 곳에 와서 벌집 구멍을 찾았다.

수명이 형은 대포화약을 벌집 앞에 모아놓고 성냥을 켜서 불을 붙였다. 대포화약은 '피시시식' 소리를 내며 고약한 냄새가 나는 연기를 뿜어댔다. 한참 타들어 갈 때 수명이 형은 가져간 바가지를 타고 있는 대포 화약 위에 덮

어 씌웠다.

그렇게 한참 있다가 수명이 형은 바가지를 들어냈다. 벌들이 쏟아져 나올 줄 알았더니 벌집 안이 조용했다.

"다 됐어. 이젠 캐기만 하면 되는 거야."

수명이 형은 삽으로 벌집을 캐냈다. 벌들은 제자리에서 빙빙 돌기만 할 뿐 날아오르지는 못했다.

바가지에 가득 벌집을 담아오면서 수명이 형은 신이 나는 듯 했다.

왜냐구? 다음 날엔 벌집 안에 든 새끼 벌들을 볶아 먹을 수 있을 테니까.

4 죽은 어미토끼를 안고

저수지 둑은 한여름이 오기 전에 마치 양털을 깎듯이 두 번쯤은 벗겨져 버린다. 이른 봄 새 풀은 5월 중순 쯤에 한 번, 그리고 장마가 오면 또 한 번. 집집마다 소를 먹이거나 염소를 먹이고, 토끼를 치기 때문이다. 매일 꼴 베는 사람들은 지게에 바작을 두르고 저수지 풀을 베어 날랐다.

농사를 크게 짓는 집에선 리어커나 우마차에 머슴을 동원해서 실어 나르기도 한다.

4학년 겨울 방학이 끝날 무렵 그토록 기르고 싶던 토끼가 한 쌍 생겼다. 아버지가 새말에서 새끼 한 쌍을 사다 주신 것인데, 아버지는 판자와 산에서 베어온 아까시 막대기로 아담한 토끼장도 지어 주었다.

벽이나 지붕은 판자를 대고, 앞면은 막대기로 막았다. 토끼 밥을 주거나 토끼가 바깥에서 잘 보이도록 한 것이다. 토끼장 바닥도 막대기를 가로질러 만들었는데 너무 넓어서 토끼 발이 빠지지 않도록 해야 한다. 바닥 사이가 조금씩 벌어져야 토끼 똥오줌이 밑으로 새나오기 때문이다.

토끼장은 대문 바로 옆에 놓아두었다.

나는 학교가 끝나면 가방에 풀을 조금씩 뜯어 왔다. 둔배미를 지날 땐 아카시아 잎을 뜯거나 씀바귀 순을 꺾어오곤 했다. 어떤 날은 칡덩굴을 걷어서 질질 끌고 왔다.

"어! 왜 자꾸 한 놈이 올라타지?"

어느 날 광석이가 토끼장을 들여다보더니 나한테 물었다.

"글쎄, 어제부터 가끔 그러네."

나도 궁금하던 참이었다.

"우리 집 토깽이가 식구를 불릴 모양인디. 새끼 날려고 그러는 거여."

우리들이 하는 말을 아버지가 들었는지 지게를 지고 나가면서 한마디하셨다.

"야아! 신난다."

우리는 토끼장 앞에서 손뼉을 짝짝 쳤다.

나는 힘든 줄도 모르고 매일 매일 풀을 뜯어 날랐다.

저수지에 소를 몰고 가서도 망태에 쇠뜨기며 씀바귀, 아카시아 잎을 뜯어 왔다.

알고 보니 우리 토끼는 외국에서 갓 들어 온 '루프' 종인데 크기가 보통 토끼의 두 배가 넘었다. 귀가 앞으로 축 늘어지고 먹성도 좋았다.

아버지는 암컷의 배가 불룩해지자 수컷을 다른 토끼장을 만들어 옮겼다.

드디어 장마가 끝나고 어느 날인가

암컷은 자기 털을 뽑아 수북하게 쌓아 놓았다.

"아마 오늘 밤에는 새끼를 낳을 모양이다."

아버지는 검은 헝겊을 구해서 토끼장 앞을 가려 주었다.

"토끼가 새끼를 낳을 때는 조용히 해야 하는 거여. 시끄러우면 새끼를 물어죽이거나 더러는 자기 새끼를 잡아먹어 버리기도 허거든."

다음 날 검은 헝겊을 들추고 가만히 토끼장 안을 들여다보니 발그스름한 것들이 꼬물거리는 게 보였다.

나는 동무들을 불러서 자랑하고 싶어 안달이 났다.

학교에서 아이들한테 이야기하자 병석이, 근우, 광석이, 명선이가 구경 온다고 우리 집까지 따라왔다.

"쉿, 조용히 해야 된대. 시끄러우면 어미가 새끼를 물어 죽인대."

"그런 게 어디 있냐. 자기 새끼를 물어 죽이는 게 말이 되냐?"

근우는 큰소리로 나한테 따지고 들었다. 새끼들은 어미가 깔아 놓은 털에 가려 몇 마리인지 알 수 없었다.

우리는 마당에서 일단이단 뛰기를 하며 놀았다.

저녁 때 아이들이 다 가고나서 나는 더는 궁금해서 견딜 수가 없었다.

'도대체 몇 마리나 낳았을까?'

검은 헝겊을 들추는 순간 나도 모르게 비명을 질렀다.

시뻘건 토끼 새끼가 세 마리나 바닥에 죽어 있었다. 그리고 토끼 새끼가 놓여 있어야 할 둥지는 마구 흐트러져 있었다. 가만 보니 안쪽에 두 마리가 더 죽어 있었다. 어미 토기는 눈이 빨갛게 되어 이리 뛰고 저리 뛰었다.

나는 놀라서 대문 밖으로 뛰어 나왔다.

마침 아버지가 자전거를 타고 집 앞길을 오르고 있었다.

"아부지, 토끼가. 토 토 토끼가……."

"토끼가 어찌 되었다는 거여?"

"토끼가 새끼를 모두 물어 죽였어요."

"뭐여?"

아버지는 자전거를 그대로 대문 앞에 기대놓고 토끼장을 열어 제꼈다. 아버지한테서 술 냄새가 훅 풍겼다.

"에잇, 아무리 말 못하는 짐승이라고 어떻게 지 새끼를 물어 죽여!"

순간 아버지는 화가 머리끝까지 나셨는지 토끼장을 발로 걸어찼다.

토끼장 덮개 판자는 찌그러져 내려앉았다. 그러자 아버지는 판자를 두어 번 발로 밟아 짓뭉갰다.

나는 아버지 바짓가랑이를 붙잡고 울기 시작했다.

"아부지, 토끼 죽어요. 우리 토끼 죽어요."

"죽으라지, 지 새끼도 간수 못 허는 게 무슨 에미라드냐."

잠깐 사이에 벌어진 일이다. 아버지가 밖으로 나간 사이 내가 판자를 들추었을 때 이미 어미 토끼는 축 늘어져 죽어 있었다.

나는 어미 토끼를 보듬어 안고 밖으로 나왔다. 무거운 줄도 모르고 울면서 마을을 내려와 저수지 둑으로 갔다. 토끼한테서 따뜻한 오줌이 나와 내 몸을 적셨다.

밤하늘엔 별들이 초롱초롱한데 어미 토끼는 내 품에서 따뜻하게 잠들어 있었다.

"하늘나라로 잘 가. 응? 미안하다 용서해 줘."

언제 왔는지 아까 토끼장 앞에서 놀던 병석이, 광석이, 근우, 명선이가 내 옆에 붙어 앉아 말없이 고개를 숙이고 있었다.

우리는 찬이슬이 내려서 옷이 축축해질 때까지 저수지 둑에 앉아 울기만 했다.

5 장에 간 엄마 기다리기

여름 방학이 다가오면 집집마다 아이들이 밥을 지어야 했다. 어른들은 이른 새벽부터 장에 팔 거리를 마련해서 부지런히 장으로 나가기 때문이다.

명선이네는 고구마를 캐서 찐 다음 싸리나무에 꿰어 팔러가고, 병석이네하고 우리 집은 상추나 열무를 주로 팔러 갔다. 근우네는 고구마 순이나 찐 옥수수, 호박 같은 걸 자주 팔러 갔다.

정자나무 그늘에서 고누를 두기도 하고, 수명이 형네 툇마루에서 딱지치기도 하고 열 번도 더 읽은 동화책이나 만화책 같은 걸 읽기도 하면서 뜨거운 낮을 보낸다. 가끔은 수락산 골짜기로 멱을 감으러 가기도 했다.

　그러다가 해거름이 되면 아이들은 제각기 자기 집으로 가서 밥을 지어야 한다. 누나가 있으면 누나가 할 때도 있지만 반찬을 만드는 일은 시간이 걸렸다. 가지를 따다가 밥 위에 쪄서 가지나물을 만들고, 오이 몇 개를 따다가 냉국을 만들기도 하고, 미리 담가놓은 오이지를 무치거나 맹물에 동동 띄우기도 한다.

　우리 집은 아버지가 쌈을 좋아해서 황석어젓이나 멸치젓이나 쌈장을 따로 버무려 내야 한다.

　"반찬이 없을 때는 밭을 한 바퀴 돌면 반찬이 한 가지 생기는 거여. 두 바퀴 돌면 두 가지가 생기는 거고."

　"아부지, 그럼 세 바퀴 돌면 세 가지가 생겨요?"

　"그렇고 말고. 열 바퀴 돌면 열 가지가 생기지."

　집집마다 부모님들은 우리들보고 반찬 만드는 요령을 이렇게 일러 주었다.

　아버지들은 팔 거리를 지게에 지거나 리어커에 끌거나 자전거에 실어서 장에 내다 주고는 돌아와 밭일을 했다.

그러니 저녁상엔 엄마들만 빠지는 셈이다.

"엄마는 점심이고 저녁을 어디서 먹어?"

나는 아침밥을 먹자마자 장에 나가는 엄마가 늘 걱정이었다.

"이백 원짜리 국수나 삼백 원짜리 보리비빔밥을 파는 데가 있어."

아버지는 이렇게 말하지만 엄마가 하루 종일 굶는다는 걸 안다.

밤이 이슥해서 돌아온 엄마는 허기진 속에 밥맛이 없다며 늘 찬물에 식은
밥덩이를 말아 열무김치나 풋고추에 찍어 몇 숟갈 뜨는 게 고작이었으니까.

저녁을 먹고 우리는 다시 저수지 둑으로 나갔다. 이럴 때는 아주 작은 아이들부터 중학교 형이나 누나들까지 모두 나간다.

엄마 마중하러.

모두들 장에서 돌아오는 엄마가 머리에 이고 오는 광주리 속이 궁금한 것이다.

어둠이 내려 온지 얼마 되지 않았는데도 벌써 반딧불이는 저수지 둑 위를 휘저으며 날아 다녔다. 온통 마른 나뭇잎을 태울 때 바람에 튀는 불씨처럼 밤 허공을 정신없이 날아 다녔다.

저수지 둑엔 아직 대낮에 달궈진 열기가 식지 않고 남아 있었다.

장에서 돌아오는 엄마들이 앞서거니 뒤서거니 하면서 볕고개를 지나 두런두런 이야기를 하면서 어둠 저편에서 올 시간은 아직 멀었다.

"꼭 소리 할 사람 여기 붙어라. 어이, 어이 여기 붙어라."

오늘도 신명난 광석이가 손가락을 들고 어두운 저수지 둑 저쪽으로 달려간다.

아이들도 우루루 광석이를 따라 달렸다.

편을 가를 때면 덕자는 항상 깍두기가 되곤 하였다. 저수지 둑 무성한 풀밭에 죽은 듯이 누워 있으면 가까이 오지 않고는 찾을 수가 없다.

광석이네 편이 백까지 수를 세는 동안 우리 편 아이들은 그 너른 저수지 둑 풀밭으로 내달렸다.

"엎드려 빨리."

우리들은 늘 그렇듯 서로 멀찍이 떨어져 죽은 듯이 엎드렸다.

푹신푹신한 풀들이 사근사근 아이들을 받아주었다.

내가 코를 박고 엎드린 풀숲에서 오이풀 냄새가 향긋하게 풍겼다.

쏙독새가 쩍쩍쩍 울며 하늘을 가르고 사라졌다.

그때였다. 1학년짜리 정자가 다급하게 소리 질렀다.

"엄마다."

아이들은 모두 숨바꼭질을 잊은 채 볕고개 쪽으로 달려갔다.

어둠 속에서, 밤안개가 피어오르는 캄캄한 어둠 속에서 엄마들이 하나둘씩 이쪽으로 걸어왔다.

"엄마아."

엄마한테 광주리를 받아든 누나는 광주리 속을 뒤적였다.

"참외 샀다. 꽁치허고."

"내 머리핀은?"

"담에 사 줄 게."

"아이 몰라, 사준다고 했으면서."
　엄마를 둘러싼 아이들은 하나둘씩 저수지
둑을 지나갔다. 저수지 둑은
스멀스멀 피어나는 밤안개에
덮여서 멀어졌다.

가을동화 | 가을이 왔네, 가을이 왔어

1 고추밭에 불났네

우리 마을 성골에도 긴 무더위 끝에 어김없이 가을이 찾아오곤 했다. 밀잠자리나 된장 잠자리가 날던 하늘에는 고추잠자리가 너울너울 날아 다녔다.

고추밭에는 늦여름부터 붉어지던 고추들이 다닥다닥 불을 켜고 매달렸다. 고추 지지대 위에는 고추잠자리들이 자리싸움을 하느라 바쁘고, 자기 자리를 찾아 앉은 고추잠자리는 눈알을 또락또락 굴리며 고추밭을 지켰다.

뭉게구름이 멀리 쫓겨나고 새털구름이나 양털구름이 하늘 높이 떠 있다가 사라지곤 했다.

아침에 논두렁을 걷다보면 고무신 신은 발등에 채이는 이슬은 제법 차가웠다.

"이젠 여름이 다 지난 모양이여."

"그러게 말이야. 고구마 이랑이 쩍쩍 터지는 게 이젠 가을이야."

"옥수네 참깨 올핸 재미 좀 봤수?"

"뭘요. 가실한 게 두 말도 채 안 나왔어요."

마을 사람들은 오며 가며 만날 때마다 가을이 온 이야기로 인사를 건넸다.

8월 초부터 패기 시작한 벼이삭은 제법 누릇누릇 고개를 숙이기 시작했다.

집집마다 이맘때면 고추를 따서 말리느라 마을 사람들은 어른 아이 할 것 없이 모두 고추밭에 엎드려 살아간다.

"수명이네는 몇 근 말렸소?"

"아유 말도 말아요. 깜부기병이 와서 저기 성고라뎅이 밭은 죄다 버렸어요. 속상해서 어디 살겠수."

점심을 먹고 나와 엄마는 도랑가에 있는 고추밭으로 광주리를 들고 가는데 마침 수명이가 엄마하고 고추밭에 가는지 걸어오고 있었다. 수명이는 커

다란 광주리를 머리에 쓰고 허리에는 작은 종댕이를 차고 오는데 아랫입술
이 홀라당 뒤집어져 댓 발이나 나온 게 거의 울기 일보 직전이다.

우리 엄마하고 수명이네 엄마가 수건을 잠시 벗고 땀을 훔치며 이야기를
하는 틈에 나는 수명이를 살폈다.

"뭐니? 왜 그래?"

"……."

이때 우리 엄마가 수명이를 봤는지 재차 물었다.

"아고, 우리 수명이가 뭣땜시 이리 꼬라지가 났을까 잉."

이 때 잽싸게 수명이 엄마가 말을 받아챘다.

"저눔이 글쎄 고무신을 어디다가 벗어놓고 노느라 정신이 홀랑 뺏겨서 맨
발로 왔지 뭐유. 지 엄마는 땡볕에 고추 따느라 허리 꺾어지는 것도 모르구
말이유."

"아그들이 그렇지 뭐. 그래두 이눔아, 느그 엄마가 장에 댕기면서 엊그제
사준 고무신을 또 잃어 먹으면 쓰냐?"

수명이 고무신 말이 나오자 나는 퍼뜩 떠오르는 데가 있었다.

"나는 아는데, 거기가 어딘지."

"그래? 대체 어디다가 벗어 둔건지 옥수야 너는 안단 말이지?"

수명이 엄마는 나를 내려다보며 다그치셨다.

"아는데 맨입으로는 말 안 해줄 거예요. "

나는 수명이 쪽으로 눈을 돌리며 입가에 웃음이 절로 나왔다.

"요런 맹랑헌 놈 봤나. 어른 헌티 뭔 수작이여?"

엄마는 눈을 똥그랗게 뜨면서 종주먹질을 할 태세였다.

"그래 내가 들어 줄 테니 한 번 말해 보거라."

수명이 엄마는 빙그레 웃으며 내 머리를 쓰다듬었다.

"수명이가 우리 집 고추를 따주면 이따가 내가 가서 가져올게요."

"그럼 니가 수명이 신발을 감춘 게 아녀?"

옆에 있던 엄마는 화난 얼굴로 나를 바라보았다.

"내가 도둑놈인가? 남의 신발을 감추게. 지가 벗어 던졌으니 못 찾는 거지."

"아이구 이 화상!"

수명이 엄마는 다시 광주리 쓴 아들 이마를 쥐어박았다.

아침에 개울에서 우리 둘은 물 막기 내기를 했다. 내가 아랫둑을 막고 수명이가 윗둑을 막아서 내기를 시작했다. 나는 돌 위에 신발을 벗고 들어갔는데 수명이는 물속에서 자꾸 고무신이 미끄러지자 마음이 급한 나머지 두 짝을 차례로 집어서 도랑 옆 근우네 콩밭으로 집어던지는 거였다. 내가 마침 그걸 봤으니 망정이지.

"그래라. 저눔은 그냥 고무신 찾아다 주면 또 잃어 먹고 다닐 테니 이참에 버르장머리를 고쳐 놔야 하니까. 너 오늘 옥수네 고추 좀 따봐라. 이놈이 꾀부리면 신발 찾아다 주지 말거라. 옥수야."

화가 난 수명이 엄마는 수명이가 쓰고 있던 광주리하고 허리춤에 차고 있던 종댕이를 끌러냈다. 수명이 등을 나한테 휙 떠밀고는 종종걸음으로 고추밭쪽으로 걸어갔다.

"수명아, 느그 엄마가 화가 났응께 오늘은 꾀부리지 말고 일 혀. 알았제? 내가 봐서 또 꾀부리면 옥수헌티 말해서 신발 찾아주지 말라 할 텐 게. 알았제?"

우리 엄마가 달래듯 수명이한테 다짐을 받았다. 수명이는 말없이 고개만 끄떡이고 나서 저만치 앞서가는 엄마를 뒤따라갔다.

집에서나 마을에서는 내 이름이 옥수로 불렸다. 이건 내가 태어나서 그냥 부른 이름인데 학교에 가면서 나는 종만이라고 이름을 고쳐 불렀다.

"'옥수'라는 이름풀이는 임금님 눈물이니 평생 짠 허니 살아야 할 팔자라 좋질 않어."

이래서 외할아버지가 새로 이름을 지어서 고쳐 부르게 된 거다. 그래서 내 이름은 학교에서 부르는 이름하고 마을에서 부르는 이름, 이렇게 둘이 되었다.

고추 따기는 쉬워 보여도 참 힘이 들었다. 가을이라고 찬바람이 들긴 했지만 아직 늦여름이라 한낮의 불볕더위는 참기 힘들었다. 더구나 매운 냄새가 진동하는 탓에 열기가 뿜어 나와서 고추밭 안은 다른 밭보다 더 덥다.

"아이고, 찜통 안이네. 여그서부터 니는 두 이랑만 따그라 잉. 남은 이랑은 에미가 딸 텐 게. 곁가지 건들면 풋고추 떨어지니까 조심조심 허고."

엄마는 머릿수건을 고쳐 쓴 다음 쪼그려 앉아 붉디붉은 고추를 따기 시작했다.

일주일 만에 벌써 풋고추들이 한 나무에 한 아름씩 붉어져 있었다. 쪼그려 엎드려하는 일이라 유난히 허리도 아프고 팔도 아팠다. 가끔씩 고추밭 고랑으로 살랑 바람이 불 때는 그렇게 반갑고 시원할 수가 없다.

"어이구, 고마우시라. 이 바람이 살찌는 바람이랑께."

이럴 때 엄마는 잠시 밭에 털썩 앉아 쉬기도 했다.

땀이 턱밑으로 뚝뚝 떨어지면서 가슴패기 아래로 흘러내리더니 덜렁 한 벌 입은 반바지를 위에서부터 적셔 내려갔다. 가끔씩 어질어질하기도 하고 고추가 붉었다 퍼랬다 겹쳐 보이기도 했다. 그럴 때면 나는 가만히 땅에 엎드려 눈을 감고 일 나간 아버지를 생각했다.

"내가 니만 헐 때 어쨌는지 아니? 느그 할무니가 불쌍해서 힘든 것도 참았어. 일만 일만 허다가 돌아가신게 지금 생각허먼 '내가 조금 더 힘든 걸 참았으면 우리 어무니가 더 오래 사셨을 껀데' 하고 생각해 보지만 후회해도 소용없당께. 그러니 느그들은 느그 엄마 힘든 일 헐 때 꼭 곁에서 도와야 헌다. 느그 엄마는 느그들 낳고 죽을 고비를 몇 번씩 넘긴 사람이여."

해가 당 너머로 기울어 손가락 한 마디만큼 나무 끝에 걸릴 때면 고추 따기는 끝났다.

그동안 따 모은 고추들은 싸리 광주리 서너 개를 그득 채우고도 다래끼 두 개에 수북하게 담겼다.

엄마는 비로소 허리를 펴고 일어났다. 엄마 얼굴이 마치 술마신 아버지처럼 시뻘개져 있었다. 엄마는 저 아래 수명이네 고추밭 쪽으로 눈을 돌렸다.

수명이네 고추밭에는 수명이가 여기저기 다래끼에 모아진 고추를 나르느라고 고랑을 뛰어다니는 게 보였다. 수명이는 우리밭 쪽을 쳐다보더니 우리 엄마가 바라보고 있는 걸 알고는 더욱 빠르게 뛰어다녔다.

"이눔의 새끼가 고추 나르랬더니 풋고추만 다 떨구네. 야아이! 천천히 다녀 이눔아!"

수명이 엄마가 수명이를 잡으려고 따라가며 고함을 치는 소리가 저 아래에서도 크게 들렸다. 그러는 걸 엄마는 물끄러미 바라보더니 씨익 웃으며 한마디했다.

"고추밭에 불났네, 저 집은."

2 과수원 똥통에 빠지다

오후반 수업이 끝나고 수명이랑 저수지 쪽으로 걸어오는 날이었다.

"배가 고픈데 뭘 하지?"

"우리 무 뽑아 먹자!"

저수지 옆 안산 밑으로 무밭이 한 뙈기 있었다. 거기에는 볕고개 창선이 할아버지가 해마다 왜무를 심으셨다. 왜무는 누렇고 길쭉한 대가리를 땅위로 내밀고 있어서 지나가던 아이들이 가끔 몰래 그걸 뽑아 껍질 벗겨 먹곤 했다. 김치를 담그는 게 아니라 소금에 절여 무짠지를 만드는 무로 쓰이는 일본 무를 사람들은 왜무라고 불렀다. 왜무는 껍질이 얇아서 엄지손톱으로 껍질을 벗기면 돌돌 돌아가며 잘 벗겨졌다.

"너는 내 책보따리 들고 저수지 수문 밑에 가 있어. 내가 뽑아서 메고 갈게."

나는 수명이한테 내 책보따리를 건네주고 얼른 무밭으로 달려갔다. 점심을 걸러 배가 고팠던 나는 무대가리가 큼직한 놈으로 골라 있는 힘을 다해 쑥 잡아당겼다. 그리고 무청을 비틀어 뜯어버리고 어깨에 둘러멨다. 묵직한 무가 어깨를 눌렀다. 그런데 아뿔싸! 마음이 급해 한 발 내달린다는 게 그만 발을 헛디뎌 고랑창에 처박혀 버렸다.

일어나 보니 길다란 왜무는 쩍 하고 두 동강이가 나 있었다. 나는 좀 더 단맛이 나는 윗동강이만 들고 수명이가 기다리는 수문 아래로 뛰었다.

텅빈 수문구멍에서는 시원한 찬바람이 불어나와서 우리는 곧 잘 여기서 서리해온 참외나 오이나 복숭아 같은 것들을 둘러앉아 먹곤 했다.

한참 무를 벗겨서 먹고 나니 둘이 동시에 "끄으억"하고 트림이 올라왔다. 쉰 냄새 같은 게 따라 올라와서 우리는 서로 바라보고 킥킥 웃었다.

"무 먹고 트림 안하면 인삼보다 더 좋은 거래."

"무 먹고 트림 안하는 사람이 어디 있다니?"

가을에는 우리들한테 놀 거리가 무지무지 많았다.

추석이 가까워지면 근우네 산에 올밤이 아람 벌어졌다. 근우네 할아버지가 긴 대나무 장대로 낮은 가지에 달린 밤송이를 털어가고 나면 나머지는 우리들 차지다.

밤은 돌팔매를 던져 따기도 하지만 팔뚝만한 나뭇가지를 던져서 따면 잘 떨어졌다.

장작팔매를 맞은 나뭇가지가 순간 몸부림을 치면 거기 달린 밤송이들은 남김없이 떨어져 버리니까. 그래도 못 따는 높은 곳은 다람쥐처럼 나무를 잘 타는 병석이가 아슬아슬한 데까지 올라갔다. 이리저리 나뭇가지에 몸을 싣고 타잔처럼 나무를 흔들면 아람은 소나기처럼 투두둑 떨어졌다.

96

여기저기 풀숲을 뒤져서 주워 모은 도토리들은 그 날 주운 아이들 수대로 나누었다.

　　우리 마을을 둘러싸고 있는 나무들은 대부분 상수리나무들이다. 어른들은 그 까닭이 논이 많은 마을에서는 벼농사가 잘되면 도토리들이 잘 안 열리지만 흉년이 들어 논에 벼들이 쭉정이를 가지면 그 해에는 도토리들이 많이 달린다고 했다.

　　"그건 하느님이 올해는 흉년이 들었으니 도토리 밥이라도 해서 허기를 면하라고 그러는 거지."

　　추석 무렵이면 여기저기 숲 속에서 "쿵, 쿵" 하는 소리가 들여왔다. 사람들은 도토리를 줍다가 욕심이 나서 집에 있는 큼직한 돌망치나 아니면 호박만 한 돌로 상수리나무 둥치를 내리쳤다.

　　그럴 때마다 나무는 몸부림을 치고 울어대는 거였다. 혼자 도토리를 줍다가 나무를 쳐다보면 나무는 껍질이 벗겨지고 살이 파여서 울고 서 있었다.

　　저녁상에는 어김없이 도토리 밥이 올랐다. 도토리 밥을

하는 날이면 언제나 누나와 나는 서로 도토리를 숟가락으로 담아 밥그릇에 옮기다가 엄마한테 지청구를 들었다.

"개밥에 도토리라드니 우리 집 누렁이만 도토리를 발라내는 게 아니라 이 두 강아지도 누렁이 꼴났네."

엄마는 눈을 흘기며 야단을 쳤다. 그러나 씹으면 아직 떫은맛이 남아 있는 도토리밥은 정말 싫었다. 그럴 때 아버지는 다른 이야기를 했다.

"참 못된 것이 사람이랑께. 그냥 떨어진 도토리만 주워 담지 말이여. 나무에 마치질을 허고 돌질을 허면 내년에는 도토리가 안 달린당께. 옛날에 어느 마을에 쌀이 나오는 돌구멍이 있었더란다. 그런디 마을 사람들이 딱 한끼 해 먹을 양만 나오는 거여. 그래서 하루 세 번 줄을 서서 쌀을 받아가야 했제. 나중에 어느 욕심 많은 아낙이 쌀 좀 많이 나오라고 그 구멍에다 대고 막대기로 막 후벼쑤신 거여. 그랬더니 그 뒤로는 쌀이 안 나오고 뜨물만 나오드란다. 그래서 마을 사람들이 죄다 굶어 죽었다는 거여. 세상에 참 미련한 것이 알고 보면 사람이제."

도토리 밥이 싫어도 나는 아버지 말은 정말 옳다고 생각했다. 그리고 책에서 읽은 황금알을 낳는 거위를 주인이 배를 갈라 다시는 거위가 알을 낳지 못했다는 이야기가 생각났다.

추석이 되어 엄마를 따라 시장에 나가면 제일 군침을 삼키는 곳이 과일전이었다. 거기에는 우리 마을에서 나지 않는 커다란 홍옥사과며, 어른 주먹만한 빛깔 좋은 복숭아와 포도, 아이들 머리통만한 배들도 아직 푸른색이 빠지지 않은 채로 쌓여 있었다. 그 중에서 나는 칼로 깎아 입에 물면 단물이 칙칙 배어 나오는 신고배가 제일 좋았다.

"야, 오늘 밤에 사격장 건너 배밭으로 서리가자."

아람을 한 바구니씩 주워 오다가 두호 형이 우리를 돌아다보며 먼저 이야기를 꺼냈다.

"내가 지난번 사격장으로 탄피 주우러 갔다가 철조망을 살펴봤더니 뚫릴 만한 데가 있드라구. 그래서 내가 나뭇가지를 꺾어 걸어 놨거든."

두호 형은 벌써부터 신바람이 나서 우리를 부추겼다.

"저녁 먹고 애둥지로 모여."

애둥지는 마을에서 사격장으로 들어가는 작은 언덕이름이다.

저녁을 먹고 원식이 형과 두호 형, 그리고 나와 수명이와 병석이가 애둥지에 모였다. 원식이 형은 빈 쌀자루를 한 손에 들고 있었다. 두호 형은 녹이 슨 펜치를 들고 왔다.

벌써 어둠이 내려서 사격장으로 질러가는 길은 컴컴했다. 사격장 개울을 건너고 우리들은 입을 다문 채로 발소리가 나지 않게 살금살금 배밭 가까이 다가갔다. 이윽고 두호 형이 표시해 놓은 나뭇가지가 보였다. 두호 형은 손가락을 입에 대고 나직하게 말했다.

"여기야. 이 아래 철조망을 내가 끊어서 벌릴 테니까 원식이가 먼저 들어가. 절대 말을 해서는 안 돼. 그리고 주인이 손전등을 들고 순찰을 도니까 만일 가까이 오면 배나무 위에서 꼼짝말고 서 있으면 돼. 만약 저 밑 원두막에서 세퍼드 개가 짖으며 달려오면 틀린 거니까 잽싸게 철조망 밖으로 나와야 돼 알았지?"

두호 형은 펜치에 힘을 주어 맨 아래 철조망과 바로 그 위 철조망을 끊었다. 그리고 끊어진 철조망을 양쪽으로 휘어서 걸리지 않게 한 다음에 우리들이 차례차례 다 들어갈 때까지 지키고 섰다가 맨 마지막에 과수원 안으로 들어왔다.

　어둠 속으로 어슴프레 넓은 산등성이 아래까지 배 밭이 펼쳐진 것이 보였다. 우리는 배나무들 가운데 키가 작고 옆으로 벌어진 나무를 찾아 다가갔다. 손을 뻗으니 종이 봉지에 싸인 어른주먹만한 배가 잡혔다. 가슴이 두근거렸다. 배서리는 처음인데다가 이렇게 큰 배를 따보기도 처음이었다.

　"봉지를 잡고 한 바퀴 돌린 다음 잡아당겨."

　하던 두호 형 말이 떠올라 그대로 했더니 배가 따졌다. 이때 두호 형이 다가왔다. 두호 형은 여기저기 흩어진 아이들한테 다가가서 뭔가를 귓속말로 애기했다,

　"넌 이 나무에서만 따고 원식이는 저리로 가!"

　내가 배를 서너 개 땄을 때 갑자기 저 아래서 밝은 손전등 불빛이 휙 뻗어왔다. 우리는 너나없이 배나무 위로 올라섰다. 그리고는 죽은 듯이 꼼짝하지 않고 서 있었다. 내 가슴은 콩닥콩닥 뛰었다. 다행히 흰옷을 입은 아이는 한 명도 없었다.

　조금 있더니 발이 미끄러지는 소리와 함께 발자국 소리가 우리 쪽으로 다

가왔다. 담배를 입에 문 채로 콧노래를 부르며 이리저리 손전등을 비추면서 커다란 사람이 바로 원식이 형이 올라간 내 곁에 있는 나무 옆에 우뚝 섰다. 그 순간 내 숨이 멎는 것 같았다. 철조망 쪽으로 손전등을 휘익 비추더니 그 사람은 아래쪽으로 쿵쿵 발걸음을 옮기며 내려갔다.

손전등 불빛이 멀리 저 아래 쪽을 비출 때 우리는 모두 휴우 숨을 내쉬면서 하나둘씩 땅으로 내려왔다.

"모두 여기다 담아."

원식이 형은 어둠 속에서 킬킬거리며 쌀자루를 펼쳤다. 자루에는 원식이 형이 딴 배들이 벌써 여러 개 담겨 있었다. 우리들은 자기가 안고 있던 배를 자루에 담았다. 자루가 그득하게 배가 모아졌다.

"어라, 나가는 길이 어디지?"

당연히 나가는 길을 알고 있으리라 믿었던 두호 형이 어둠 속에서 길을 못 찾고 이리저리 헤매는 거였다.

우리는 배나무밭 어둠 속에 꼼짝없이 갇혀 버렸다. 조금 전 일로 놀라서 모두들 방향을 잃어버린 것이다.

우리는 모두 누가 말하지도 않았지만 손과 손을 이어 잡았다. 맨 앞에는 원식이 형이 서고 맨 뒤에는 두호 형이 섰다. 그리고 아까 왔음직한 길로 방향을 잡아 걸었다. 이때였다.

어디선가 쿠린 냄새가 진동했다. 그러더니 앞서가던 원식이 형이 구렁텅이로 푹 빠져 들어가는 게 보였다. 뒤따르던 수명이도 한 발이 쭈욱 밀려 들어갔다.

"어이쿠려. 똥통이다. 똥통에 빠졌다."

원식이 형은 허리까지 똥물에 잠겨 있고, 수명이도 이미 밀려들어 갔다. 그 뒤에 있던 나도 수명이 손을 잡고 있던 터라 함께 빠져들어 갔다. 병석이와 두호 형은 원식이형과 내 손을 잡고 당기다가 모두 똥통 안으로 밀려들어 와 버렸다.

똥통은 교실만큼이나 넓었다. 깊지 않은 게 그나마 다행이었다. 우리는 잠깐 뒤에 각자가 똥통 밖으로 기어 나왔다. 그리고는 어둠 속에서 낄낄거리며 웃었다.

"에이, 여기가 똥통이면 나가는 입구는 저 위쪽이야. 이리 나를 따라와."

두호 형은 이젠 나가는 구멍을 찾을 수 있겠다 싶은 지 자신 있게 앞장섰다.

철조망 밖으로 나온 우리들은 또 한 번 허리를 움켜쥐고 웃었다.

"그러게 내가 앞장선다니까 왜 길도 모르면서 니가 앞장 서냐."

"에이, 길을 잃어버린 게 누구 때문인데."

원식이 형과 두호 형은 서로 탓을 했지만 심한 똥냄새 때문에 그것도 오래 가지 못했다. 두고 온 배자루가 문제가 아니었다.

모두들 근우네 논웅덩이로 달려갔다. 거기서 옷을 벗어 빨고 짜고 한동안 야단법석을 떨었다. 냄새를 지우느라 추운 줄도 몰랐다. 두호 형은 집으로 가더니 바깥마당 펌프대에 있던 똥비누(쌀겨와 잿물로 만들어 쓰던 비누)까지 가져와서 우리들은 다시 개울로 자리를 옮겨 몇 번씩 비누칠을 하면서 몸을 씻었다.

다행히 여름에 퍼다 부은 똥물이라 푹 썩은 탓인지 냄새는 이내 가셨다. 그리고 가렵지도 않았다.(그때에는 이렇게 과수원마다 여러 군데에 똥통을 만들어두었다. 그런 다음 도시에서 퍼온 똥물을 모아 썩혔다가 이른 봄에 그걸 과일 나무 밑에 거름으로 주었다.)

"재수 똥 밟은 게 아니라 아예 재수 똥통에 빠졌다."

"으하하하하."

"도둑질했으니 벌 받은 거지."

"에이, 다시 그 배나무밭에 가는지 봐라."

가을 밤 추위에 오돌오돌 떨며 모두들 한마디씩 해댔다.

3 추수

이른 아침부터 마을 어른들이 바작을 얹은 지게를 지고 원식이 형네 마당으로 모여 들었다. 오늘은 원식이 형네 타작마당을 고르는 날이다. 집집마다 앞으로 열흘 동안은 돌아가면서 품앗이로 타작마당을 고른다.

어른들은 목에 수건을 두르고 성골아뎅이 위에 있는 황토골에서 황토를 지게로 져 날랐다.

아침나절 지게로 져 나른 황토를 고무래로 편평하게 편 다음엔 점심을 먹고 물을 퍼다가 뿌려서 반죽을 한다. 그리고 마지막으로 수명이 아버지가 고무래로 질게 반죽한 황토펄을 반반하게 고르면서 일이 끝났다.

"일이 생각보다 일찍 끝났네 그려. 막걸리나 한 잔 더 들세나."

원식이네 아저씨는 넓은 황토뻘을 바라보며 흐뭇하게 웃었다.

"이눔들아, 이 새끼줄 안으로 들어가면 누구 발자국이 찍히는지 금세 아니까 이 새끼줄 넘을 생각은 꿈에도 말어. 알아들었지?"

막걸리에 얼굴이 벌개지신 병석이 아버지가 마당 가로 말뚝을 박고 새끼줄을 치면서 동네 아이들에게 으름장을 놓았다.

"집집마다 개들도 단단히 묶으슈들."

원식이 형네 아줌마도 한 마디 보탰다.

이렇게 이삼 일이 지나면

황토 펄은 꾸덕꾸덕 해지는데 그 위에 헌 멍석이나 가마니를 째서 깔고 조곤조곤 밟으면 마당은 단단히 굳어진다. 그런 다음 댑싸리 빗자루로 싹싹 쓸고 나면 비로소 바알간 황토 마당이 다 만들어진다.

나는 그 반반하고 발그스레한 황토 마당 위를 뛰고 뒹굴고 싶어진 적이 한두 번이 아니다.

메뚜기잡이는 그 때부터 시작된다. 영글어 고개 숙인 벼 포기 사이엔 벼메뚜기가 이리저리 뛰는데 우리들은 강아지풀을 뽑아 벼메뚜기를 잡아 목껍질을 펜다. 한두 시간이면 강아지풀에 나란히 펜 꾸러미가 서너 개는 되는데 들판에서 불을 피워 꾸러미를 얹어서 구워 먹기도 하고 집에 가져와 냄비에 볶아 먹기도 했다. 아궁이에 불을 때고 잉걸불을 재고무래로 끌어내서 그 위에 구워 먹기도 하고.

자고 나면 텅 빈 논이 하나둘 생긴다.

"얘, 옥수야! 밥 먹고 가라."

토요일 오전반을 마치고 어슬렁어슬렁 걸어오는데 병석이 엄마가 저수지 둑에서 불렀다.

오늘은 품앗이로 병석이네 논을 벨 차례인가 보다. 점심을 마친 어른들은 더러 풀밭에 눕기도 하고 담배를 태우며 구시렁구시렁 이야기를 나누고 있었다.

"넌 벌써 왔니? 의리없이 혼자 먼저 와서 먹기냐?"

내가 병석이 엄마가 퍼준 고봉밥을 받아들며 병석이를 째려보려니 병석이는 배가 고팠는지 밥을 입에 퍼 담느라 대꾸도 않는다.

콩장에 된장국 그리고 두부조림과 호박 부침개가 맛있었다. 나도 병석이처럼 허겁지겁 밥을 퍼 넣었다.

"밥 먹고 별고개 상점에 가서 막걸리 좀 받아온. 외상이라고 하면 줄 거야."

병석이 아버지는 우리보고 커다란 빈 주전자를 내밀었다.

밥을 먹고 나서 우리 둘은 주전자를 들고 나섰다.

"길에 쏟지 말고 살살 가져와라. 지난번처럼 뛰지 말고."

병석이 엄마는 우리들보고 한마디 했다.

아주머니는 긴 막대기에 달린 네모난 나무 됫박을 커다란 항아리에 깊숙이 담가 술을 퍼서 우리가 가져간 주전자에 쏟아 부었다. 그날따라 막걸리

냄새가 향긋했다.

"너 먼저 들어."

"우리 가위 바위 보 할까?"

"가위 바위 보! 가위 바위 보!"

내가 져서 주전자를 들고 살살 가는데 발걸음을 옮길 때마다 찔끔찔끔 술이 쏟아졌다. 이번에는 왼손으로 들고 절뚝절뚝 오는데 그래도 막걸리는 질금질금 주전자 주둥이 밖으로 쏟아졌다.

병석이는 길가에서 새로 돋은 소리쟁이 잎을 뜯어오더니 주둥이를 틀어막았다. 그제서야 막걸리는 넘치지 않았지만 무겁기는 마찬가지였다.

볕고개 마지막 집을 돌아 성골길로 나서니 그날따라 저수지 둑이 아득히 멀어 보였다.

"야, 우리 한 모금씩 마시며 갈까?"

병석이는 깔깔거리며 주전자를 길가에 놓았다. 내가 먼저 막아 둔 소리쟁이를 빼내고 한 모금 꿀꺽

마셨다. 술은 목을 쿡 찌르는가 싶더니 달달한 맛에 꿀꺽 목을 타고 넘어갔다. 이어서 병석이도 한 모금. 백 걸음 걷고 한 모금씩 그렇게 다섯 번 하고 또 다섯 번 하니 멀리 벼 베는 아저씨들이 보였다. 거기서부터 우리들은 시치미를 뚝 떼고 주전자를 둘이 나란히 들고 저수지 둑으로 올라갔다.

"어라! 술이 왜 반에 반이나 줄었지? 길에다가 또 쏟았구나?"

"아니야, 엄마. 주둥이를 틀어막고 왔는데."

"그럼 술이 어디로 간 거야. 분명 그 아줌마는 철철 넘치게 퍼주었을 텐데. 어! 이 술냄새! 너 입에서 술냄새 나는데!"

순간 달아나는 병석이 등짝에 엄마 손바닥이 "짝" 소리를 내고 병석이는 벌써 달음질을 쳤다. 나도 병석이를 따라 달아났다.

벼베기가 끝나기 무섭게 텅 빈 논에서는 물고랑을 따라 미꾸라지 잡기가 시작된다

"요기 좀 봐. 요 구멍이 큰 걸로 봐서 큰 놈이 들었을 거야."

수명이는 물고랑을 따라 난 구멍들 사이로 제일 큰 구멍을 손가락으로 가리켰다. 나는 덥석 두 손으로 펄 깊숙이 끌어안아서 논바닥으로 당겼다.

"야아! 뱀장어만 해."

그렇게 큰 미꾸라지는 처음이었다. 어른 엄지손가락보다 더 굵은 미꾸라지가 싯누런 배때기를 드러내고 부끄러운지 천천히 꾸물럭거렸다. 이렇게 오후 내내 잡은 미꾸라지는 양동이로 반이나 찼다.

원식이 형네 논에서는 원식이 형과 두호 형이랑 만가대 강영이 형이 웅덩이를 두레박으로 품어내고 있었다. 우리가 가까이 가보니 커다란 웅덩이가 바닥이 보일 정도였다. 이 구석 저 구석에서 살아 꿈적거리는 것들이 물을 따라 바닥으로 내려왔다.

"야! 저기 미꾸라지, 저기 쌀방개 잡아라. 버들붕어도 있네."

"야! 저기 붕어 큰 놈 있다. 거기 똥방개는 버리고!"

"가재 큰 놈 기어간다. 잡아라!"

바닥에 남은 물을 세숫대야로 퍼내던 원식이 형과 두호 형은 잽싸게 바지를 걷어 올리더니 웅덩이로 뛰어 들어 이것 저것 잡아 담느라 바빴다.

웅덩이에 남은 흙탕물에는 수면에 입을 대고 가쁜 숨을 몰아쉬는 피라미, 버들붕어, 붕어, 납자루 같은 고기들이 그득했다.

논바닥에 퍼낸 물에 딸려 나온 것들은 우리들 차지였다.

엄마는 잡아온 물고기들을 씻어서 된장과 고추장을 넣어 큰 솥에 끓였다. 저녁에는 온 식두들이 둘러앉아 배를 두드리면서 모처럼만에 어죽을 먹었다.

드디어 벼 타작하는 날이다. 타작마당 곁에는 전날 소달구지로 실어오거나 지게로 져 나른 마른 볏단으로 낟가리를 틀었다. 발로 연신 밟아대면 "고오강, 고오강" 하다가 나중에는 "고강고강고강" 하면서 돌아가는 탈곡기 소리가 아침부터 요란했다. 올해는 두호 형네가 제일 먼저 타작을 시작했다.

어른들은 머리에 흰수건을 질끈 매고 한쪽에서 볏단을 풀어주면 그걸 반으로 나누어 양손에 든 볏짚으로 질끈 동여서 한창 힘좋게 돌아가는 탈곡기에 들이 밀었다. 순간 차르르르하는 소리와 함께 벼 낟알들이 튀었다. 한 사람이 대충 초벌을 털고 지나가면 다음 사람이 또 털며 지나가고, 그러면 다시 먼저 한 사람이 이번에는 남은 낟알을 마저 깨끗하게 마무리해서 털은 다음 짚을 옆에 쌓아 놓는다. 그러면 짚을 묶는 마을 할아버지들은 젊은 일꾼들이 던져놓은 짚을 사려서 큼직한 짚단을 묶는다. 그리고 마당 한켠에 짚

낟가리를 쌓기 시작하는 것이다. 이 짚은 겨우내 지붕을 이기도 하고, 소에게 줄 여물을 쑤기도 하고, 김치 움을 두르거나, 새끼줄을 꼬고, 멍석이나 둥구미를 짜기도 한다.

어른들이 뽀얀 먼지를 둘러쓰고 타작을 하는 사이에 아이들은 짚단 사이로 술래잡기를 하고 놀았다.

"야, 이눔들아. 거기서 못 내려와!"

짚 낟가리가 올라가면 아이들은 어느새 그 위에까지 올라서 뛰어 내리고 그러면 할아버지들은 지겟작대기를 휘두르며 아이들을 쫓느라 온통 타작마당은 북새통이 된다. 그사이 아주머니들과 누나들은 집안에서 국수를 말고, 전을 부치고, 지지고 볶느라 바쁘다.

드디어 새참이 나오고 한참 지나 점심이 나오면 온 마을 사람들은 방에서 대청에서 마당 멍석 위에서 저마다 상을 받는다. 노인들한테 젊은이들이 술잔을 권하고, 아이들한테 엄마들이 밥그릇을 나르는 모습은 바로 잔치가 따로 없는 것이다.

타작이 끝난 마당에는 온 동네 아이들이 모여 놀이마당이 펼쳐졌다. 남자 아이들은 땅따먹기, 구슬치기, 자치기를 하고, 여자아이들은 고무줄넘기, 공기받기, 사방치기 이런 놀이들로 해가 지는 줄 모르고 놀았다.

4 막걸리 먹고 모두 뻗다

추수가 끝나고 조용하던 마을에 경사가 났다. 마을 청년들 가운데 제일 나이가 많은 선구 형님이 장가를 들게 되었다.

전날에는 돼지를 잡느라 온 마을 아저씨들이 선구 형님네로 모여들고, 아주머니들과 누나들은 부침개를 붙이고 고기를 삶고 볶고 무치고 굽고 하느라 바빴다.

마당에는 아침부터 차일이 쳐지고 마당 한쪽에 가마솥이 두세 개나 걸렸다.

신부가 탄 가마가 온다고 마을 길을 쓸고, 처마에 낀 거미줄과 그을음까지 걷어 내느라 남녀노소가 모두 나서서 도왔다.

드디어 가마가 오고 전날 신부집에서 혼례를 치른 신랑도 가마 앞에서 걸어 마을로 들어섰다.

선구 형님네 바깥마당에서부터 봉당까지 어른 아이 할 것 없이 마을 사람들이 모두 모여 눈을 빼고 신부를 맞이했다.

이윽고 신부가 가마에서 내리는데 모두들 박수를 치고 소리를 지르며 좋아라 했다.

"야아! 신부 참 이쁘다 그치?"

"마석댁이라지?"

"엄장도 좋고 살림도 야무지게 하겠어."

여자아이들과 처녀들과 아줌마들과 할머니들이 입을 모아 칭찬이 그칠 줄 몰랐다.

"김 주사 며느리 한 번 잘 봤어."

"자손도 쑥쑥 잘 낳게 생겼잖어."

"아무렴, 맏며느리인데 여북할려구."

뒷자리에 선 마을 남정네들도 죄다 한 마디씩 덕담을 잊지 않았다.

"야, 어제 바람 넣은 돼지 오줌보 어디 있어?"

수명이가 나한테 돼지 오줌보로 공차기를 하자는 거였다. 나는 도랑에 굴려놓은 돼지 오줌보를 꺼내 왔다. 아이들은 너나없이 오줌보를 차고 다녔다.

"야, 이눔들아, 멍석 위에 흙 들어가는데 무슨 공차기냐. 여기 국수채반이나 들고 따라들 와라."

수명이 아버지는 앞장서서 국수사리를 건진 채반을 들고 나섰다.

오늘 같은 날엔 온 마을에서 방을 비워서 손님을 맞이한다. 점심때가 가까워 오니 두루마기에 갓을 쓴 노인들부터 말쑥하게 양복을 빼입은 남자 손님들과 예쁘게 단장을 한 여자 손님들까지 줄줄이 마을로 모여들었다.

마을 아저씨들은 이집 저집 빈 방으로 손님들을 안내하고 음식이 그득 차려진 상을 나르고, 술동이를 나르고, 젊은이들은 국수채반이나 국물이 든 양동이와 솥단지를 나르느라고 분주했다.

우리들은 툇마루에 걸터앉아 엄마들이 짬짬이 가져다주는 국수나 부침개,

고깃조각으로 배를 불렸다.

"아~아~니이이이, 아~ 아~니이 놀지는 못 허리라."

늘 잔치마당에서는 소리판을 먼저 벌리는 근수네 아저씨가 오늘도 빠질세라 얼큰하게 취기가 돌자 소리판을 시작하셨다.

넓게 멍석을 깐 선구 형님네 마당엔 드디어 놀이판이 벌어졌다. 어디서 가져왔는지 꽹과리, 징, 장구와 북이 나오고 병석이네 아저씨는 늘 하던 대로 날라리를 불어 제쳤다.

경기민요가 나오고 서도소리가 나오더니 우리 아버지가 잘 부르시는 육자배기가 빠질 수 없었다.

"어이 이보게 김 주사, 오늘 같은 날 며느리 본 턱에다가 아들 장가보낸 턱까지 두 턱 내야 험세."

수명이 아버지가 운을 떼자, 모두들 와르르 웃음판이 벌어졌다. 시키지 않아도 새로 상다리가 부러지게 음식이 나오고 술동이가 마당 네 곳에 놓아졌다.

선구 형님네 아저씨는 덩실덩실 춤을 추고 아주머니는 엉덩이를 실룩쌜룩

하면서 아저씨 뒤를 따랐다. 온 마을 어른들이 풍물소리에 마당을 돌아가는데 우리들도 따라 돌았다. 손님들 가운데서도 흥이 난 어른들은 마을 사람들과 어울려 술을 주거니 받거니 하면서 덩실덩실 춤을 추었다.

해가 설핏해서야 잔치에 온 손님들이 하나둘씩 자리를 뜬 마을 방에는 여자아이들, 남자아이들이 따로 자리를 잡고 남은 음식을 먹으며 이야기꽃을 피웠다.

수명이와 근수, 병석이, 기춘이, 나 이렇게 다섯은 우리 집 건넌방에 들어앉았다. 음식은 반도 더 남아 있었다. 거기다가 막걸리 심부름 하던 실력으로 병석이와 나는 술동이에 반쯤 남은 막걸리를 바가지째로 퍼마셨다.

근수와 기춘이, 수명이도 덩달아 내가 퍼준 막걸리를 받아 마셨다.

얼마나 지났을까. 어렴풋이 고함치는 소리가 들렸다.

"야. 이놈들아 정신 차려봐라."

"이놈들이 술을 퍼마셔 부렀네."

아버지가 깨우는 소리를 듣고 부스스 일어나 보니 모두들 방안 가득 널부러져 있었다.

"잔치는 옳게 치러부렀네. 참말로."

아버지는 그저 허허 웃으면서 방문을 닫고 나갔다.

겨울 동화 | 그 긴 겨울에 벌어진 일들

1 도깨비한테 끌려간 수명이

무서리가 하얗게 내린 날이면 마을 사람들은 김장준비에 바빴다. 무와 배추를 뽑아 나르고 아줌마들은 통배추를 칼로 쪼개 연신 굵은 소금을 뿌려가며 커다란 독과 양철동이에 배추를 절였다. 그사이 마을 아저씨들은 집집마다 짚으로 무와 배추에서 나온 시래기를 엮어 처마에 매다는 일을 했다.

"올해 수명이네는 몇 포기나 담그려우?"

"이백 포기는 해야 겨우내 먹지요. 해마다 그러니까."

"옥수네는요?"

"우린 여섯 식구니까 백오십 포기만 해도 될듯해요."

마을에서 만나는 사람마다 이렇게 김장 이야기를 했다.

배추가 절여지는 동안 젓갈을 사고, 양념을 장만해서 다듬느라고 바빴다. 김장은 온 마을 아줌마들이 품앗이로 돌아가면서 했다.

절여진 배추를 건지고 씻고 물을 빼서 버무리는 날에는 어김없이 선지를 사다가 배춧국을 끓였다. 어른 아이 할 것 없이 온 마을 사람들이 모두 모여 시끌벅적하게 쌈을 곁들여 밥을 먹었다.

"여기 쌈 좀 먹어봐."

아줌마들은 아이들이 기웃거리면 배춧속을 넣다가 노란 속잎을 찢어서 시뻘건 무채를 둘둘 말아서 아이들 볼따귀가 미어지게 한볼때기 쌈을 입에 넣어주었다.

"아이 매워!"

"매운 걸 잘 먹어야 사내대장부지."

아이들은 눈물을 쑥 빼면서도 볼때기를 씰룩거리며 쌈을 잘도 먹었다.

해가 뉘엿뉘엿하면 시뻘건 김치포기들은 땅에 미리 묻어놓은 항아리 속으로 차곡차곡 채워졌다.

이때 그 집 주인 아저씨는 나뭇가지를 받치고 짚으로 미리 엮어놓은 이엉을 둘러서 김치 움을 세웠다. 김장독이 얼지 않고 또 눈을 맞지 않도록 그렇게 하는 것이다. 멀리서 보면 집집마다 김칫독이 누런 고깔모자를 쓰고 있는 것처럼 보였다.

김장이 끝나고 다시 온 마을이 조용해졌다.

"종만아, 이따가 밤에 '꼭소리 지르기' 하지 않을래?"

수명이가 저녁 먹기 전에 나를 찾아왔다.

"애들 다 모인데?"

"그럼, 아까 낮에 다 이야기 해뒀어."

"좋았어, 하자."

"마당은?"

"명선이 형네 마당!"

어둠 속에서 아이들이 하나 둘 모여 들었다. 수명이와 내가 늘 하던 대로 가위 바위 보를 해서 아이들을 뽑았다. 이긴 사람이 먼저 자기 마음에 드는 아이를 뽑으면 진 사람은 다음으로 자기 마음에 드는 아이를 뽑는 거다. 그리고 맨 나중에 한 아이가 깍두기로 남으면 그 아이는 자기가 가고 싶은 편으로 가기로 되어 있다.

편 가르기가 끝나면 이번에는 숨는 편과 찾는 편으로 갈랐다.

"우리 편이 숨을 때 너희들 지난번처럼 간첩 보내지 않기다. 알았지?"

수명이는 나하고 갈라서 이기자 우리 편한테 단단히 다짐을 받았다.

"자 우리 숨는다. 너희 돌아서! 자 가자!"

수명이네 편은 어둠 속으로 사라졌다. 우리는 그 자리에서 돌아서서 기다려야 했다.

이윽고 어둠 저 멀리서 밤공기를 타고 "꼬옥! 꼬옥! 꼬옥!"하고 힘찬 외침이 들려왔다.

"성골아댕이 쪽인가?"

"아냐, 덕만이네 형 집 뒤쪽이야."

"아냐 그렇게 멀리 숨지 않았어. 병석이네 집 뒤 아니면 여우굴 올라가는 개울께야."

"그럼, 주순이하고 경애하고 설민이하고 근우는 성골아댕이 쪽으로 해서 개울로 찾아보고 남은 우리는 병석이네로 해서 덕만이 형네로 찾아보자."

우리 편은 둘로 나뉘어 곧장 달려갔다. 가는 도중에 짚 낟가리며 잿간, 담 밑이나 도랑까지 샅샅이 뒤져 보았다.

"찾았니? 여긴 없어!"

멀리 성골아댕이 쪽으로 간 아이들한테서 외침이 왔다.

"아직 못 찾았어! 거기 없으면 이쪽으로 와!"

우리는 병석이네 집 뒤쪽으로 해서 누에방을 뒤지고 덕만이 형네로 올라 갔지만 인기척이 없었다. 도둑고양이가 후다닥 도망가거나 놀라서 잠을 깬 굴뚝새가 찍찍거리며 날아갈 뿐이었다.

이윽고 주순이가 아이들을 데리고 나타났다.

"어딜 숨었지? 몰래 빠져 샌 것 아냐?"

주순이 말이 끝나기 무섭게 다시 한 번 "꼬옥! 꼬옥! 꼬옥!" 하는 소리가 들려왔다. 그건 아까 우리가 편가를 때 모였던 명선이 형네 마당 쪽이었다.

"어라! 샜네. 이번엔 흩어져서 찾는 거다."

내 말이 끝나기 무섭게 영석이가 다급하게 외쳤다.

"아! 알겠다. 내가 찾고 말지."

병석이가 먼저 뛰어 내려갔다.

우리들은 마을 샛길을 따라 가면서 모두 흩어져 내려갔다.

"찾았다! 여기 찾았다!"

병석이가 신이 나서 외친 곳은 명선이 형네 뒷간이었다. 우리가 달려가자 거기 숨었던 아이들이 우르르 뒷간에서 쏟아져 나왔다.

"내가 모를 줄 알구? 너희들 뒷간에 숨으면 똥냄새 날까봐 못 찾을 줄 알았지?"

병석이는 신이 나서 자랑스럽게 어깨를 으쓱했다.

이번에는 우리 편이 숨을 차례다. 우리들은 어둠 속으로 달려 나갔다.

이렇게 몇 번씩 하니 밤이 깊어가고 이때쯤이면 으레 누구네 집에서 아이들을 찾으러 나왔다.

"근우야, 빨랑 들어오래. 너 숙제 했어? 그리구 지금이 몇 신데 여지껏 노니?"

우리 편이 두호 형네 짚 낟가리에 숨었다가 들키고 나서 모여 있는데 근우네 누나가 부르는 소리를 들었다.

근우네 누나가 찾으러 온 것을 신호로 우리들 '꼭 소리 지르기' 놀이판은 끝났다.

"근데 병석이가 안 보이네. 먼저 들어갔니?"

내가 병석이를 찾자 모두들 모른다고 했다.

아이들은 옷에 붙은 검불을 털며 모두 헤어졌다.

엄마는 나를 기다렸던가 보다.

"큰일 허고 댕기네 우리 아덜. 어이구 머리에 북데미를 한 짐 쓰고 오네. 나가서 털고 오니라."

방안으로 들어서자 엄마는 이부자리를 깔면서 지청구를 하셨다.

내가 마루로 나가 머리를 털고 옷을 벗어 털자 우리 집 누렁이가 달려들었다.

"저리 가! 넌 짖지도 못하는 게 밥만 축내냐?"

내가 누렁이를 쓰다듬으니 사정없이 혀로 내 뺨을 핥아댔다.

그때 병석이 엄마가 대문을 열고 들어오셨다.

"병석이 못 봤니? 아즉까지 안 들어 왔어, 우리 병석이가."

"그래요? 아까 끝날 때 안 보이길래 먼저 들어간 줄 알았는데요."

"그래? 아까부텀 없었단 말이지? 이놈이 어딜 갔을까 모두 잘 이 야밤중에."

"수명이네는 가 보셨어요?"

"가 봤지. 거긴 불 끄고 자는지 깜깜하고 대문도 잠겨져 있어."

'병석이가 만약 다른 동무네로 놀러갔다면 우리 집하고 수명이네 집 정도일 텐데.'

"아니, 병석이가 아직 안 들어 왔소? 그럼 찾아 봐야지."

엄마가 방에서 들었는지 방문을 열고 나왔다.

어둠 속에 묻힌 성골은 고요했다. 우리 엄마와 병석이 엄마와 병석이 아버지 그리고 나 넷이서 여기저기 찾아 나서 봤지만 병석이는 나타나지 않았다.

"아니 아직꺼정 못 찾았다면 무슨 일이 난 것 아니여? 동네 사람들 모두 나서서 찾아야 허지 않겄어?"

우리 아버지도 어느새 나왔다.

아버지는 먼저 구 이장 아저씨네로 가서 대문을 흔드셨다.

"아니 밤놀이 하던 병석이 놈이 들어오질 않았다는 거요. 모두 나서서 찾아야 하지 않겄어요?"

조금 있으니 구 이장 아저씨하고 수명이네 아저씨, 아줌마까지 나오고 원식이 형, 두호 형 그리고 병선이 형까지 모두 나왔다.

원식이 형은 미군부대 플래시까지 들고 나왔다. 근우 할아버지도 참외밭 원두막에 켜는 심지등을 들고 나오셨다.

"병석아! 병석아 어딨니?"

나는 수명이를 깨워서 아까 우리가 숨었던 데를 다 뒤졌는데 도무지 병석이는 찾을 수 없었다.

"도깨비가 데려간 것 아냐?"

내가 수명이한테 나직하게 말하는 소리를 들었는지 병석이 아버지가 버럭 소리를 지르셨다.

"이놈아. 도깨비가 어딨다누?

"가만 있어봐요. 오늘 병석이가 도토리 찧느라고 하루 종일 나하고 절구질을 했으니 참 고단하기도 할 거고⋯⋯. 그놈이 초저녁잠이 많은 놈이니까 어디서 곯아떨어진 것일 수도 있을 거에요."

"그럼 짚 낟가리마다 다시 뒤져봅시다."

병석이 엄마 말끝에 우리 엄마가 나섰다.

거기 병석이가 있었다. 명선이 형네 낟가리 깊숙한 데.

논이 많은 명선이 형네 짚 낟가리는 다른 집보다 낟가리 더미가 많았다. 우리가 숨었던 그 낟가리 틈에 내가 비집고 들어가니 병석이 신발이 내 발에 걸렸다. 짚단을 깔고 병석이는 잠에 곯아떨어져 흔들어도 일어나지 않았다.

"여기 병석이 있어요! 자고 있어요!"

와르르 깔깔 어른들이 웃는 소리가 들려왔다.

이렇게 병석이는 도깨비에 홀려 잠깐 성골에서 사라진 적이 있다.

2 겨울에 하는 일과 놀이

    하늘이 꾸물꾸물하면서 날이 푹하면 어김없이 첫눈이 왔다. 참새 배냇깃
털 같은 것이 나풀나풀 거리다가 갑자기 솜털 같은 눈송이가 날리면 아이들
은 온 마을을 미친 듯이 내달렸다.

   "펄펄 눈이 옵니다

   하늘에서 눈이 옵니다

   하늘나라 선녀님들이

   하얀 송이 꽃송이를

자꾸자꾸 뿌려줍니다."

목이 터지라고 이 노래를 부르며 우리들은 눈송이를 손으로 받기도 하고, 입을 벌려서 눈송이를 먹기도 하고, 양팔을 휘저으며 온 마을을 뛰어 다녔다. 그러면 마을 강아지들도 덩달아 뛰었다.

눈이 오면 참새들은 짚 낟가리로 모여 든다. 짚에 붙은 이삭 낟알을 먹기도 하고 해가 지면 낟가리 여기저기에 틀어 박혀 잠을 잔다. 우리들은 이때를 놓치지 않고 밤이면 살금살금 다가가 플래시를 비추고 갑자기 밝은 빛에 눈이 부셔서 날아가지 못하는 참새를 덮쳐잡았다. 원식이 형이랑 두호 형은 잡은 참새를 아궁이 잉걸불에 구워서 우리들한테도 몇 점씩 나눠 주었다.

고소한 맛이 개구리 뒷다리를 구워먹을 때보다도 더 고소했다.

저수지 얼음이 손바닥보다도 더 두껍게 얼 무렵이면 마을 이집 저집 차례로 고사를 지냈다.

엄마는 작은 가마솥에 물을 붓고 시루를 얹은 다음, 시루에 쌀가루와 팥을 켜켜이 앉혔다.

그런 다음 밀가루를 반죽해서 시루밑을 붙였다. 마른 솔가지로 화덕에 불을 때면 시루떡이 익는 것이다.

떡이 다 익으면 엄마는 큰 상에 떡이 든 시루를 올려놓았다. 우리들은 김이 뭉게뭉게 오르는 시루를 바라보며 침을 꼴깍 넘겼다. 엄마는 시루 앞에 무릎을 꿇고 손을 비비시면서 뭐라 중얼중얼 외셨다.

"엄마는 뭐라고 비는 거야?"

"우리 집 1년 동안 아무 탈 없이 살펴주셔서 감사허구, 느그덜 무탈허게 잘 커서 고맙구, 또 느그 형허고 너허고 공부 잘 하게 해주셔서 고맙고……."

손비빔이 끝나면 남은 떡을 네모지게 잘랐다.

그런 다음 시루를 엎어 떡을 잘라 이방 저방 방마다 놓으시고 부엌이나 장독대에도 놓으셨다.

"옛다. 이건 수명이네 갈 떡이고, 이건 덕만이 형네 갈 떡이다."

나와 동생하고 누나는 엄마가 가른 시루떡을 쟁반에 들고 서로 맡은 집에 떡을 돌렸다.

"아유, 참 맛있겠다. 엄마한테 잘 먹겠다고 해라."

집집마다 떡을 돌릴 때면 아줌마들은 떡을 다른 그릇에 덜고 빈 그릇을 돌려주는데 빈 그릇을 그냥 되돌리는 게 아니라면서 사과 같은 과일이나 엿, 곶감 같은 걸 담아 주었다.

드디어 기다리던 겨울 방학이 왔다.

병석이와 내가 아버지 몰래 낫을 들고 수락산 쪽으로 오르고 있는데 낯선 어른이 떡 버티고 서 있었다.

"너희들 뭐하러 가니?"

"수락산엘 가는데요?"

"그 낫은 뭐지?"

"새총 만들 나뭇가지 좀 찔려고요"

"그래? 그럼 네놈들 잡아가야겠구나."

아저씨는 주머니에서 동그란 고리 모양의 쇠붙이를 꺼내며 빙긋이 웃었다.

"아저씬 누구신데요?"

"너희들같이 나무 잘라가는 사람들 잡으러 다니는 산림간수지."

"예엣?"

우리 둘은 눈을 동그랗게 뜨고 갑자기 몸이 얼음처럼 굳어졌다.

"정말 새총나무만 자를 거지? 그러면 안 잡아가구. 꼭 새총 만들 것만 자른다구 약속할 수 있지?"

아저씨는 다짐을 받고 산을 내려갔다.

모두들 땔감을 산에서 마련해 아궁이에 불을 때던 시절이라 나라에서는 산림간수들에게 숲을 지키도록 했다. 만일 생나무를 자르거나 소나무 가지를 자르면 산림간수는 그 사람을 끌어가거나 벌금을 물도록 했다. 그러니 마을에서는 어른이나 아이들이나 산림간수 이야기만 나와도 벌벌 떨었다.

"난 자치기 나무도 찔 건데 괜찮을라나? 저 아저씨한테 들키면 학교로 연

락한다던데. 지난번 원식이 형이 노간주나무 잘랐다가 혼났잖아."

"괜찮을 거야. 몰래 가지고 가지 뭐."

병석이가 먼저 새총 만들기에 맞춤한 밤나무 가지를 낫으로 찍었다. 나는 팔뚝만한 밤나무 가지를 낫으로 내리쳤다. 가지는 쉽게 넘어가지 않았다.

아무래도 들키면 어쩌나 하는 생각에 가슴이 쿵쿵 뛰었다. 오늘따라 커다란 밤나무 가지 넘어지는 소리가 유난히 크게 들렸다.

"잔가지를 대충 찍어버리고 가지고 가서 집에서 톱으로 자르자."

"아냐. 그러면 더 쉽게 들키니까 여기서 아예 어미자와 새끼자를 만들어 가야겠어."

내가 무심코 낫으로 가지를 내리치는 순간 "앗!" 가지를 벤 낫은 내 손가락을 내리찍었다.

살점이 벌어진 사이로 허옇게 뼈가 보였다. 그리고 순간 피가 주르르 흘러 내렸다.

"저 피, 피, 피를…. 이걸로 틀어 막어!"

병석이는 구멍난 벙어리 장갑을 나한테 주었다. 나는 그걸로 손가락을 싸

147

보았지만 조금 있으니 장갑이 젖은 채로 여전히 핏방울이 뚝 뚝 떨어졌다. 낙엽을 한 움큼 쥐고 싸매 보았지만 소용없었다.

나는 조금 떨어진 밭으로 달려가서 손가락을 흙속에 파묻어 보았다. 그래도 피는 흙을 적시며 솟아올랐다.

"너 내 낫 챙겨와. 나 먼저 우리 아부지한테 갈게."

나는 마을로 내달렸다.

새끼를 꼬고 있던 아버지는 내 피에 옷이 얼룩져 달려 들어오는 나를 보시더니 놀라서 내 팔을 잡았다.

"어쩔거나 이걸! 뭣하다 이렇게 되었냐. 손구락 잘랐냐?"

아버지는 재빨리 피가 흐르는 내 손가락 밑을 바짝 끈으로 묶더니 이내 담뱃가루를 꺼내 오셨다. 그리고 침을 퉤퉤 뱉어가며 담뱃가루를 두툼하게 내 손가락에 감고 헝겊으로 싸맸다.

그리고는 감았던 끈을 조금씩 풀어냈다.

손가락이 욱신거리긴 해도 담뱃가루를 붙이자 피는 멎었다.

"니 뭣허다가 이랬냐?"

"자치기 만들려고 낫질 허다가요."

"이눔이 아부지 허락도 없이 낫을 써!"

아버지는 고함을 지르면서도 내 손을 꼬옥 잡고 계셨다.

다음날부터 나는 방안에만 틀어박혀 있어야 했다. 추운데 나가서 손가락이 얼면 상처가 덧난다고 며칠간은 형이 사다준 동화책을 읽으며 방안통쇠가 되어야 했다.

내가 자른 밤나무 가지로 우리 형은 지렁이 고무줄까지 사다가 멋있고 튼튼한 새총을 만들어 주었다.

내가 새총을 자랑하면서 돌아다니자 온 마을 아이들 사이에 새총 바람이 불었다. 문제는 그 다음이었다.

우리가 누가 멀리 날아가나 하고 한 줄로 주욱 서서 새총을 쏘는데 헐레벌떡 근우 할아버지가 지팡이를 휘두르며 오셨다.

"이눔들아, 왜 아무데나 마구 새총을 쏴대니?"

근우 할아버지는 지난 여름에 우리한테 당한 것처럼 이번에도 장에 다녀오시다가 멀리서 쏜 새총 돌에 맞으신 모양이다.

더구나 그다음 날엔 수명이 누나인 덕순이 누나가 수명이 새총을 쏴보자고 졸라 쏘는가 싶더니(어이구! 아무나 새총 쏘는 줄 아나…) 글쎄 고무줄을 길게 당여 새총돌을 싼 가죽을 놓는다는 것이 새총나무를 놓는 바람에 눈을 다쳤다.

저수지에 얼음이 깡깡 얼면 아버지들은 집집마다 쌓아 놓은 짚으로 이엉을 엮었다. 이엉을 날갯장이라고 불렀는데 하루에 10미터쯤 되는 이엉을 둘둘 말아서 거의 스무 단 정도를 엮은 다음에는 지붕 맨 위에 비가 스미지 않도록 엮는 용마름을 엮은 다음 '지붕이기'가 시작된다.

지붕을 이는 날이면 마을 닭들은 잔치를 하는 날이다. 지붕 썩은 짚에서는 굼벵이들이 우글우글 땅바닥으로 떨어지기 때문이다.

마을 아저씨들이 지붕을 이는 동안 마을 아줌마들은 집집마다 메주콩을 물에 불려 메주를 쑤었다. 메주콩이 구수하게 익을 때면 놀던 아이들은 엄마 모르게 몰래 양재기에 삶은 콩을 퍼다가 먹곤 했다.

"아이구 배야! 왜 배가 이렇게 아프지?"

"너 메주콩 너무 먹어서 그런 거 아냐?"

메주콩을 너무 먹은 아이들은 놀다가도 배를 두 손으로 싸안고 뒷간으로 달려가 설사를 하는 거였다.

긴긴 겨울 밤 노느라 배가 고픈 아이들은 뭐든지 먹을 게 있으면 닥치는 대로 먹어 치웠다. 방안에 갈무리해둔 고구마는 날것으로 깎아 먹기도 하지만 쇠죽 쑬 때 여물 속에 삶아 먹기도 하고, 아궁이 재 속에 묻어서 구워먹기도 했다.

추운 겨울 밤, 텃밭 한쪽에 묻어 놓은 무구덩이에서 무를 꺼내다가 깎아 먹는 맛은 별나다. 얼음같이 차가운 무를 길쭉길쭉 삐져 놓으면 시원하고 아삭한 맛이 그만이었다.

우리 집에서는 추운 건넌방에 커다란 드럼통을 들여놓고 무를 담아 흙으로 덮어 놓아 꺼내 먹기가 더 좋았다.

밤늦게까지 멍석을 짜던 아버지가 "옥수엄마, 무 좀 깎아보소" 하고 말하실 때가 제일 좋았다. 석유등잔 밑에서 숙제를 하거나 책을 읽다가 엄마가 커다란 무를 꺼내다 부엌칼로 써억써억 무를 깎으면 온 식구들이 모여들었다.

겨울밤에 먹는 거라면 마을 사람들이 모두 모여 먹는 비빔국수가 최고다.

동지가 가까워 밤이 길대로 길어지면 마을 사람들은 집집이 마실을 간다. 어느 한 집에 줄창 모이는 게 아니라 방이 아주 비좁은 집 빼고 돌아가며 마을 사람들이 밤이면 모여드는 것이다.

"오늘은 내가 좀 장원을 해야겠네."

제일 먼저 우리 집 대문을 열고 방안으로 들어선 병석이 아버지가 우리 아버지한테 들으라고 하시는 소리였다.

"홍씨는 지난번에도 재미 보았잖소."

"연거푸 졌는데 재미는 무슨. 오늘은 기어이 장원자리를 차지할 거우."

이때 수명이 아버지와 근우 아버지가 들어 왔다.

마을 남자 어른들이 거진 모이면 '국수내기' 화투판이 벌어졌다. 건넌방에는 아줌마들이 한 패 모여서 왁자지껄 이야기판이 벌어졌다.

밤이 으슥해지면 등수가 매겨지고 순위대로 돈을 추렴했다. 그리고 아버지는 병석이네 안방에 모여있는 우리를 부르셨다.

"느그덜 심부를 갔다 와야 쓰겄다. 가서 국수 큰 걸로 두 뭇을 사고 막걸리도 한 주전자 가져 와야 헌다."

원식이 형이랑 두호 형을 따라서 수명이, 병석이, 나, 근우 이렇게 볕고개 가겟집으로 밤 심부름을 나설 때 밤하늘에서 나풀나풀 눈발이 날렸다.

추위를 이기려고 갈 때는 뛰어가지만, 국수를 들고 막걸리주전자를 교대로 들고 올 때는 고역이었다. 발이 시리고 손이 곱아서 깨지는 것 같았다. 어둠 속에서 입김을 훅훅 불고 앞서거니 뒤서거니 오는 데 저수지 얼음판은 우두둑 우두둑 금가는 소리가 무섭게 들렸다.

우리가 집에 돌아오니 아줌마들은 부엌에서 쇠죽가마에 물을 끓이고, 한편에서는 김칫독에서 김장김치를 꺼내다가 썰고 양념을 하느라 부산했다.

커다란 국수 뭉텅이는 이내 가마솥에 풀어져 삶아지고, 이어서 함지박 안에서 비벼졌다.

국수가 다 되어 가면 우리 대문 안으로 나머지 마을 사람들이 하나 둘 모여들었다. 우리가 심부름 간 사이 남은 아이들이 벌써 집집마다 사람들을 부르러 갔던 것이다.

국수는 한 그릇씩 밥 그릇, 국 그릇, 대접마다 퍼 담아지고 안방, 건넌방,

부엌이며 마루까지 온 마을 남녀노소가 끼리끼리 모여 후루룩 후루룩 국수를 먹었다.

눈은 이제 함박눈으로 바뀌어 소리 없이 쌓이기 시작했다.

온 마을에 하얀 눈이 덮인 맑은 날, 양지바른 툇마루에선 동네 형들이 썰매 만들기에 정신이 없었다.

썰매는 날썰매와 철사썰매 두 가지가 있는데 나이가 어린 아이들은 철사썰매를 탔다. 그리고 나이가 많은 아이나 용케 철공소에 가서 썰매 날을 구해온 아이들은 철판을 기역자로 꺾어 만든 날썰매를 탔다. 날썰매는 썰매 꼬챙이도 길고 튼튼했다.

원식이 형이랑 두호 형, 명선이 형은 재작년부터 외날썰매를 탄다. 외날썰매는 작고 날렵하게 생긴 서서 타는 썰매인데, 날이 한 개라서 두 발을 올리고 곧바로 서서 타려면 중심잡기가 어렵다.

우리는 이 외날썰매를 '한 발짜리'라고 불렀다.

그렇지만 중심을 잡고 속도를 내면 땅에서 달리는 속도만큼 빠르게 달릴 수 있어서 모두들 '한 발짜리'를 타는 게 소원이었다.

"너 올해는 '한 발짜리' 타볼래?"

형은 어디에서 구했는지 튼튼한 썰매날을 나한테 보여 주었다.

"우와! 형, 꼬챙이도 만들어 주는 거지?"

"야 임마, 꼬챙이는 벌써 아버지가 만들어 놨어! 부엌에 가봐."

나는 뛸듯이 기뻤다.

저수지는 만가대 아이들이 이미 빗자루로 둥그렇게 돌아가며 다 쓸어 놓았다.

점심을 부리나케 먹고 우리들은 썰매를 어깨에 메고 저수지로 달렸다. 얼음판에는 만가대 아이들과 우리 성골 아이들이 뒤섞여 아이들로 북적거렸다.

넘어져서 뒤통수 깨고, 엎어져서 코 깨고, 미끄러져 엉덩방아 찧고, 다른 애랑 부딪혀 옆구리 찔리고.

일주일씩 고생해서 드디어 '한 발짜리'가 나가신다. 길 비켜라.

꼿꼿이 서서 '한 발짜리'를 타고 긴 꼬챙이로 얼음판을 푹푹 찍으며 타는 기분이 어떤지 아무도 모를 걸?

게다가 마지막 도착점에서 뒤꿈치에 힘을 주면서 돌아설 때는 "뿌지익"

하면서 썰매날이 얼음을 깎으며 돌아서는 맛이란?

우리는 목에서 단내가 훅훅 올라올 때까지 넓은 저수지를 휘젓고 다녔다.

다음 날부터는 마을에서 저수지까지 이어진 '도랑타기'에 도전했다.

원식이 형이랑, 두호 형이랑 명선이 형은 비좁고 때로는 경사가 급하고 꺾이는 곳이 많은 도랑타기 선수다.

병석이, 수명이, 나 이렇게 셋은 하루 종일 엉덩방아를 찧고 넘어지는 바람에 해질 무렵엔 옷이 다 젖고 엉덩이가 얼얼해졌다. 그래도 썰매 타는 건 신났다.

3 겨울이여 안녕!

하필이면 설날을 하루 앞두고!

무슨 얘기냐구? 들어봐. 글쎄, 이런 일이 생길 수 있는 거냐구. 참 재수가 없으려니 정말.

날이 추워지면 우리 여섯 식구는 모두 한 방에 모여 잤다. 땔감이 부족하기도 하려니와 온 식구가 한 방에 자면 온기를 빼앗기지 않는다는 게 아버지 생각이었다.

그날따라 꼭두새벽에 잠이 깼다. 방안은 캄캄한데 봉창이 훤한 것이 눈이 온 게 분명했다.

　나는 후다닥 일어나 더듬거리며 바지와 잠바를 찾아 입었다. 그런데 양말을 어디다 벗어 두었더라?

　한참을 두리번거려도 캄캄한 방안에서 양말이 눈에 띌 리 없었다. 에라, 검은 덩어리가 손에 잡히길래 이게 양말인가 하고 씹어 보기로 했다. 입으로 무는 순간. 물컹한 것이 씁쓰레하기도 하고.

　잠깐! 이게 뭐지? 으아아악! 똥이다 똥이야! 똥 똥 똥!

나는 고함을 지르고 방안을 미친 강아지처럼 뛰어 다녔다. 그리고 마루로 뛰어 나왔다. 에퉤퉤퉤!

잠자던 온 식두들이 놀라서 일어나 불을 켠다, 이불을 제친다, 한동안 어수선하더니 아버지가 웃는 소리가 들려왔다.

"으허허허 고놈 꼬소허다. 아침부터 뽀시락 거림시로 온 식구 잠을 깨배더니만."

"저리 성질이 급해서 뭣에 쓸꼬. 입에 물어볼 게 없어 막내가 싼 똥을 입에 물어. 참 개가 똥 먹는 건 봤어도 사람새끼가 똥 먹는 건 처음이요."

엄마도 한마디 보탰다.

"하하하, 호호호, 낄낄낄"

방안에서 형과 누나가 뒹굴며 웃는 소리가 제일 미웠다.

알고 보니 막내가 밤중에 똥이 마려운 걸 어두워 요강을 못 찾아 방바닥에 싼 거였다. 그걸 내가 양말인지 확인하려고 입에 물어본다는 것이 그만.

"쉬잇! 아무한테도 말하지 마. 형! 알았지? 누나도 말하면 재미없어!"

아침도 못 먹고 나는 입이 말라 혀가 입천장에 붙도록 침만 퉤퉤하며 다

넜다.

참 재수 없는 날이었다. 한겨울 눈이 무릎까지 빠지도록 왔어도 도무지 즐겁지가 않았다.

"저눔, 저 똥 씹은 얼굴상을 하고 있는 것 좀 보소."

"으-허허허, 하하하, 호호호, 낄낄낄."

설을 쇠자 어른들은 가마니와 멍석을 짜고, 소쿠리와 종댕이, 삼태기를 엮느라 바빴다. 그러는 틈틈이 윷놀이도 하고 '국수내기' 화투놀이도 이어졌다.

우리들은 연날리기에 정신을 홀랑 빼앗겼다.

연은 대나무가 귀한 지방이라 대나무 비닐우산대를 가지고 만들기도 했지만 산에서 나는 싸리나무로 연살을 만들었다. 창호지가 귀하니 신문지를 발라서 만들었다.

"올해도 대보름에 만가대 애들하고 돌쌈한대. 어제 원식이 형이랑 두호 형이 만가대 가서 걸고 왔다는데."

병석이가 아침부터 새소식을 가지고 달려왔다.

"만가대 애들이 훨씬 많으니 숫자는 어떡허구?"

"3학년 이상만 붙인다는데."

"그럼 우리 동네는?"

"우리는 열다섯이더라구. 헤아려보니까."

"그럼 작년처럼 또 우리가 꿀리는 것 아냐?"

"그깟 놈들 해볼 테면 해보라지."

병석이는 자신 있다는 듯이 팔을 휘휘 돌리며 어깨를 으쓱했다.

보름 전날 어김없이 집집마다 오곡밥을 얻으러 다녔다.

마을 할머니들은 쪼무래기 우리들을 모아놓고 보름 쇠는 걸 가르치셨다.

"보름 전날 오곡밥을 먹고 아홉 가지 나물을 먹고 나뭇짐을 아홉 번 져야 1년 내내 아무 탈 없이 지내는 거야."

"오곡밥도 그냥 먹는 게 아니고 여럿이 집집마다 걸식을 해서, 커다란 양 푼에 나물하고 비벼서 뒷간에서 나눠 먹어야 무탈하지."

"왜 하필 뒷간에서 먹어야 해요?"

"그건 1년 내내 비위 상하지 말고 아무거나 잘 먹으라는 삼신할머니 가르 침이거든."

오곡밥을 먹고 남자 아이들은 약속한 대로 저수지 둑에 모였다. 개울 건너 만가대 쪽에도 아이들 머리가 듬성듬성 나타났다 사라졌다.

"공격이다. 공격!"

달이 멀리 부용산 너머로 손톱만큼 솟아오르자 두호 형은 큰 소리를 질러 댔다.

두호 형이 외치자 우리는 미리 준비한 작은 돌과 활에 장전한 수수깡화살을 마구 쏘아 댔다.

만가대 아이들은 긴 작대기를 들고 작은 돌을 던지며 다가왔다. 횃불도 몇 개 눈에 띄었다.

쫓고 쫓기며 작은 동산과 개울을 사이에 두고 전쟁이 벌어진 것이다. 그래도 누구하나 돌에 맞아 다치거나 긴 작대기에 맞아 큰 부상을 입지 않았다.

우리는 모두 서로 잘 아는 사이였기 때문이다. 그저 고함만 크게 지르고 으름장을 놓는 '허풍전쟁'일 뿐이다.

대보름 날 아침 아버지는 아침상을 물리며 "오늘은 겨울이 끝나는 날이니 연줄을 끊어서 액을 다 보내버려야 하는 것이여." 하고 연을 들고 밖으로 나

가는 나에게 일렀다.

"이제 니도 6학년이 되니께 공부 좀 해야 쓰지."

상을 치우던 엄마도 한마디 거들었다.

저수지 둑에 서서 나는 연을 띄웠다. 바람이 일기 시작하니 연은 곧 하늘로 높이 올랐다.

얼레가 빠르게 돌면서 감긴 실이 모두 풀렸다. 그때다. 내 마음을 아는 듯 "툭" 소리와 함께 연줄이 끊어져 연이 허공에서 나를 보고 까딱 절을 하는 것이었다. 그리고 연은 새카맣게 멀어져 갔다.

"잘 가라 연아, 잘 가라 겨울아. 내년에 또 만나자."

뺨에 부딪치는 바람이 한결 부드러웠다.